山のあなたの

春日いと

田畑書店

山のあなたの◎目　次

装画
*
Auzenismo（羽雲けむ）

山のあなたの

山のあなたの

このあたりの者、山一つかなたに出かける

工藤君は自然にすうっと目が覚めた。カーテン越しの外が明るくなっている。うーん、いい気持ちだ。何時だろうと、寝ながらリモコンでテレビのスイッチを入れる。七時だ。在職中はもう起きて朝飯のパンを珈琲で胃に流し込んでいた時間だ。あの頃は、前の日にどんなに遅く寝ても、六時に目覚ましが鳴る前には目が覚めていた。退職して二か月たっても続いていた朝の習慣がやっと取れたようだ。身体が仕事モードから解放されて隠居生活に慣れて来たのだなあと、工藤君はにんまりした。テレビでは天気予報をやっている。今日も晴れていい天気になりそうだ。テレビを見ながらぼんやり朝寝を楽しもう。隠居生活の最高の醍醐味だ。そんな事を考えているうちに二度寝をしてしまい、次に目が覚めた時は八時半になっていた。

「ああ、寝すぎた」と言いながらパジャマのままリビングに行くと、妻の茜さんが呆れたよう

な声で、

「今起きたの？　片付かないから、さっさと朝ごはん食べてね」

　ダイニングテーブルの上には、工藤君一人分のベーコンエッグにトマトの載った皿が一枚と、パン皿とコーヒーカップが置いてあった。いつもと変わらない朝食なのでつい、

「またパンに目玉焼きか」

　そう言いながら椅子に座ると、食パンをオーブントースターに入れていた茜さんが、珈琲メーカーの珈琲をカップに注ぎながら、

「ずっとそうでしょ。何言ってるの？」

「いや、仕事に行かなくてよくなったんだから、ゆっくりご飯に味噌汁でも食べたいなって思ってさ。明日はご飯にしてくれよ」

　茜さんは、返事をしないでじっと工藤君を見つめていた。そして、

「前から言おうと思っていたんだけど、あなたの朝ご飯の時間が不規則なのは困るのよ。私は色々予定があるのよ。あなたと違って暇じゃないの」

「ああ、悪かった。じゃあ、食器は俺が洗ってやるよ」

　工藤君が親切に言うと、

「そう？　ついでに自分の朝ごはんは自分で用意してくれると助かるわ」

「俺が作るのか?」

「いいじゃない、いつもの朝ごはんには飽きたんでしょ。だったら自分で好きな物作って食べなさいよ」

茜さんはオーブントースターを指さして、

「焼けたら自分で出してね。バターやジャムは冷蔵庫にあるから」

それだけ言うと、テーブルに置いてあった朝刊を手にして、リビングのソファに座ってしまった。

「俺が食べてる間くらい、一緒にいてもいいじゃないか」

今日は機嫌が悪いなあと思いながら呼びかけても、茜さんは黙って新聞を読んでいる。

仕方なく一人でもぐもぐと朝ごはんを食べた工藤君は、自分で言った手前、流しに入っているフライパンや茜さんの食器も一緒に洗って、着替えに自分の部屋に向かった。

洗面所で歯を磨いていると、「ピーピー」という音がした。後ろの洗濯機が止まった音だ。

それで、

「おい、洗濯機止まっているぞ」

と、リビングにいる茜さんに声を掛けたら、

「それがどうしたの？」と、そっけない返事である。

「教えてやってるんだけど」

親切心で言ったのにと工藤君が返すと、

「止まってるのに気が付いたら干せばいいでしょ。それを教えてやるなんて、何様なのよ」

「だって、洗濯機回したのはお前だろ。だから教えたのに、何か問題あるのか」

意味が分からない工藤君がそう聞くと、茜さんの声が尖って、

「洗濯機が止まったら干すに決まってるでしょ。自分がやろうって、どうして思わないの？」

どうしてと言われても、頼まれてないんだからと、

「俺に干して欲しいなら、そう言えばいいじゃないか。それじゃあ、干すよ」

「それじゃあって、何よ。気が付いたら、私にやらせようなんて思わないで自分でやれって言ってるのよ。ここはあなたの家でしょ」

茜さんの声はどんどん甲高くなって、キンキン響き出した。何でこんなことでイライラするのか、分からない工藤君だったけれど、ここは退散することにした。

「干してと言えば済むことじゃないか、それが、何なんだよ」

小声で言ったのに、

「何か言った？」

「何でもない」と、工藤君は洗濯機から取り出した洗濯物を籠に入れて、「今日はいつもの茜さんらしくない、何かあったのだろうか」と、首を傾げながらベランダのある二階への階段を上って行った。

機嫌が悪い茜さんと一緒にいるのが気づまりで、洗濯物を干し終えた工藤君は、「家の前を掃除してくる」とひと声かけて、外に出た。工藤君が家の前の道を掃いていると、坂の上のほうから犬の吠える声が聞こえて来た。二軒先の杉田さん家《ち》で飼っているゴールデンレトリバーのサクラだ。丘の上の公園の桜が満開のころに貰ってきた時は片手に乗る可愛さだった、と杉田さんは言うけれど、今では大きな犬になって、よろよろ歩く飼い主を引っ張っている。工藤君の住んでいる郊外の丘陵地にある分譲住宅地は高齢化が進んで、年老いた人と犬と家ばかりになってしまった。

そういう工藤君も、定年退職後、六十五歳まで再雇用で働いて、四月から悠々自適な生活に入って、同じく高齢者の仲間入りというところだ。一人娘は結婚して同じ市内で暮らしているので、時々は二人の孫の面倒見を頼まれる。でも普段は専業主婦をしていた妻の茜さんと二人暮らしだ。専業主婦といっても、二十年ほど前からスーパーのパートで週三～四回、半日ほど働いている。今ではベテランで頼りにされているらしく、

「会社からもう少し残ってパートを続けて欲しいって言われちゃって」

と、張り切っている。そのせいもあって、夫婦二人の日本一周旅行なんていつになることか。いや、どうも最近機嫌が悪くて、この状態で夫婦二人旅なんて、恐ろしくてできやしない。

「おはようございます」

杉田さんが角を曲がってやってきたので挨拶すると、

「ご苦労様ですね。ここが空き家になって、いつも掃いて貰って悪いね」

工藤君の家と杉田さんの家の間を差して言った。

「ついでなので、気にしないでください。もう施設から戻らないんでしょうか」

「無理じゃないのかねえ。息子さんたちは別の所で暮らしてるしね」

「うちの娘もマンション買って、ここに住んではくれないんですよ」

「若い人はこの坂じゃあ住みたくないんだろうね。根性が無くなったね。お宅も犬飼ったらいいよ。可愛いもんだよ」

「いいですねえ。でも、『誰が世話するの』なんて女房に言われてしまいましたからね」

「そりゃあ、もちろんあんたが世話するんだよ。奥さんと二人暮らしだ。助け合わないといけないよ」

そうなんだなと、頭では分かるのだけど、朝食の支度をさせられたり洗濯物を干させられるのは、どうも納得がいかない。そんな不満が顔に出てしまったのか、杉田さんは、

「まあ、夫婦円満は奥さんを立てることだよ。ずっと家を守って、今では家の主なんだよ。家で一番偉いのは奥さんと思って色々教えてもらってさ」

「先輩の教えは身に沁みます」

「いやあ、これは僕の経験だから、まあ、参考にしてよ。老いては女房と犬に従えだよ」

そう言うと、手を振って、さっきから綱を引いて帰ろうと催促しているサクラと一緒に自分の家に向かって歩き出した。

「趣味ないの？　毎日毎日グダグダして」

掃除を済ませて、ゆったりとソファに横たわって新聞を読んでいたら、茜さんの声が頭の上からした。いつのまにか眠ってしまっていたらしい。目を開けて、

「仕事が趣味だったからなあ」

「今から探せばいいでしょ。テニスでもやれば？」

「俺は楽しんでいるよ。心配いらないよ」

「そのうちブクブク太って、体がガタガタになっちゃうわよ」

「グダグダするために退職したんだ。ゆっくり休みたいんだよ」

「退職してもうすぐ二か月になるのよ。だから、もうそろそろ疲れも癒えたんじゃないかって言ってるのよ。さっきも言ったけど、あなたの食事を三食毎回作るのにも疲れたわ」

茜さんの言っていることが工藤君にはよく分からない。

「今までもやってた事だろ。何言ってるんだ」

「私も定年したいって言ってるの」

「いいよ、仕事辞めても。俺の年金で暮らせるだろ。それなら時間できるから、二人でゆっくりしよう。二人で温泉に行ってのんびりしたり、日本一周したり」

嬉しそうに工藤君が言うと、

「まったく。何で私が仕事辞める話になるのよ。旅行行きたいんだったら一人で行けばいいでしょ」

「二人で行くのがいいんだよ。ずっと仕事仕事で二人で出かけることもなかったし」

「話、戻すわね」

茜さんは工藤君の寝転んでいるソファの前に食卓の椅子を持って来てトン、と腰かけると、きつい声で言った。

「起きて」

しかたなく、工藤君がソファにきちんと腰かけると、茜さんが、

「私はね、主婦を定年したいのよ」

「何が主婦定年だよ。俺はずっと朝から夜中までお前たちのために身を削って働いたんだぞ」

茜さんは声を高くして言い放った。

「外で働くのが偉いんですね。そうですか、私はまだ外で働いてるのよ。私が働いてる間に掃除、洗濯、ご飯作りしてくださいね」

工藤君は、本当は六十歳で辞めたかったのだけど、「年金が満額貰えるまで働いてくれないと家の改築できない」と、茜さんに言われたから仕方なく会社に残ったのだ。だから、もうのんびりしたいのだ。それが、何が主婦定年だ、今までのんびりしてたくせにと、

「週三日ぐらいのパートで何を偉そうに言ってるんだ」

そう言ってしまった。

「じゃあ、その週三日は、家の事は全部あなたに任せるわ」

「それは夕飯も俺に作れって言ってるのか」

「そうよ。当たり前でしょ」

「無理だよ、食事は作れないよ。頑張ってもまずいよ、きっと」

「やれば出来る。私も我慢してまずくても食べてあげるから」

食べてあげるってなんだと思っても、それからの攻防戦ではどうしても工藤君に分が悪く、お願いする立場になってしまって、

「茜さんのご飯、美味しいから、ご飯は茜さんの作ったものを食べたいよ。自分じゃ無理だよ」と、頑張って主張して、やっと、

「分かった。じゃあ、朝と昼はそれぞれで食べる。夕飯は私が作る。その代わり、掃除と洗濯ぐらいできるわよね」

仕事では交渉上手だった工藤君なのに、茜さんのペースでいつのまにか家事をする約束をさせられてしまった。

それからの工藤君の日課は、毎朝、家の前の道路の掃除をして、朝食後に洗濯と掃除を一日交代にすることになった。工藤君の朝ごはんはパンを焼いて目玉焼きにハムかチーズに珈琲という在職中と同じメニューである。時々は前の晩の残ったご飯を生卵やノリで食べているけれど、味噌汁を作るのが面倒で、やっぱりパンになってしまうのである。茜さんは、最近はパンではなく、牛乳をかけたシリアルの様なものを食べている。一度、「何だ、それは。鳥の餌か」と、言ったら、「はいはい、あなたにはあげませんよ」と言ってシリアルの袋を自分の寝室に持って行ってしまった。

「欲しいとは言ってないぞ」と、後ろ姿に向かってぼそぼそ言ったけれど、もう遅かった。

「まったく、食べないなんて言ってないのに、話の出来ない奴だ」

ぶつぶつ言いながら、冷蔵庫からトマトを出して、ハムと一緒にトーストに載せていると、茜さんが戻って来て、牛乳と蜂蜜をシリアルにかけて混ぜている。くたくたになったそれは猫の餌のようだったけど、賢明な工藤君はもう何も評論しなかった。

まあこれで朝は催促されないで、ゆっくり自分の時間で食べられるから、この勝手に食べるやり方もいいなと、いつの間にか慣れてきた。でも、昼も別々なので、朝はなるべく茜さんの朝食の時間に合わせて食べるようにしている。何で昼まで別々かというと、茜さんは、パートだけじゃなくてフラダンスだの水泳教室だのと、趣味に忙しい。それで、「あなたのお昼の用意はできませんよ」と言われてしまったからなのだ。

「昼は弁当でもいいよ」

と、工藤君が提案したところ、茜さんはきっぱりと言ったのだ。

「何で私があなたのお弁当作らなきゃならないの？　自分で作ればいいでしょ」

家事の分担は話し合って決めたのに、いつのまにか、「最後に入った人が洗って頂戴」とお風呂を洗うのも、工藤君の仕事になってしまっている。

ところが何と、

「工藤君がトイレ汚しているのよ、暇なんだからトイレ掃除も出来るでしょ」

茜さんにそう言われてしまった。

「決して暇なんじゃないよ。優雅な隠居生活を送っているんだよ」

と抗弁したけれど、茜さんの声が甲高くなって、

「何が優雅よ。だらしなくひっくり返ってるのが、どこが優雅なんだか教えて欲しいわ。トイレ掃除くらい出来るでしょ。優雅にやればいいでしょ」

最近は一時が万事この調子で、穏やかに会話が出来ないなあ、と工藤君はため息をついた。

茜さんだって、パートよりお遊びのほうが忙しいのに、と不満が残るけど、そんな事を言おうものなら、「主婦定年」の脅しが待っている。杉田さんの忠告に従って、色々耐えているのだけれど、トイレ掃除だけは勘弁して欲しい。だから、いいよとは言わないで頑張る事にした。

それでも、つい、

「こんなはずじゃなかったなあ」

と、言ってしまった。

「どんなはずなのよ」

茜さんに睨まれて、

「退職したら、夫婦の時間がやっと持てるようになったのだから、二人仲良く」

そこまで言いかけたら、

「うちの父の葬式とかでゆっくり出来なかったのは悪かったと思ってるわよ。でも、いい大人なんだから、自分のやりたい事は自分で見つけてよね。私をあてにしないで」

と、茜さんはプイ、と自分の部屋に行ってしまった。

ありえない、絶対ありえない、まだ話の途中じゃないかと、工藤君は憤慨した。夫婦が仲良くするのがどこが悪いんだ、よし、それなら一人で出かけようと、「散歩に行ってくる」と大声で宣言して、家を出た。


どこへ行くというあてもなく、駅に向かって坂を下って歩き出して、「そうだ、川に行こう、浅川までなら駅を越えてすぐだ」と、思いついた。今の家を買ったばかりの頃は小さい桜子を連れて、三人で日曜日に散歩がてら浅川の土手に向かったっけ。桜子に自慢した石切りの腕が衰えていないといいけど、などと思いながら川に向かう足取りは弾みだした。

浅川の土手の遊歩道には、ジョギングしている人や自転車だけでなく、ゆっくりと散歩している老夫婦やベビーカーに子どもを乗せた母親も歩いている。工藤君は、風を体に受けて、気持ちよく伸びをした。

そうだ、浅川を下って、多摩川に合流する所まで行ってみよう。いや、まず家の近所を探索だ。それから多摩川を下って海まで行こう。または遡って源流を探すのもいいな。それとも、家から坂を上って公園を通って隣町の丘陵地帯に抜けていくのもいいかもしれない。トイレ掃除なんてしている暇はないのだ。工藤君は急に楽しくなってきた。優雅な隠居生活をこれから本格的に始めるのだ。

「このあたりに住む者でござる、山一つかなたに出かけようと存ずる」

工藤君は昔聞いた狂言の枕詞をうろ覚えで口ずさんだ。

心はいつでも初舞台

工藤君が五時に目覚めて窓のカーテンを開けると、空には雲一つない。今日は天気がよくて散歩日和だと、大きな伸びをして早めに散歩に出かけようと決めた。

それで、朝ごはんを食べ終わるとすぐに洗濯機に洗濯物を放り込んでスイッチを入れた。そして洗濯が始まったのを、工藤君は透明の蓋越しにじっと眺めた。回り方にもバリエーションがあって、シャツや靴下が色んな方向に動くのが結構面白いので、つい見続けてしまうのだ。

洗面所に入って来た茜さんが、そんな工藤君に、

「何してるの？」

「洗濯を見てる」

「何で？　全自動なんだから見てる必要ないじゃない」

「面白いよ、最近の洗濯機の動きは」

「だからって、朝からボーって見てることないじゃない。暇ねえ」

「暇じゃないよ。今日は浅川を遡ってみようと思ってるんだから」

「だからあ。何も、見てることないじゃないって言ってるのよ。工藤君見てるとイライラするわ」

茜さんがうるさいので、工藤君はしぶしぶ洗濯機の前から離れた。でも、他にすることがない。洗濯機を買い替えた時に、透明な蓋を希望したのは、中を見るためなのだ。見ないともったいないではないかと、工藤君はこっそり戻って洗濯機がどうやって汚れを取るかをまた見学し始めた。

洗濯物を干し終わって、身支度をしてリビングにいる茜さんに、

「散歩に行ってくる」

と出かけようとすると、

「その恰好、何？　まるでホームレスみたいじゃない」

工藤君は下を向いて、ジーンズに半袖のポロシャツ、その上に長袖ネルシャツを着ている自分の姿を確認した。問題ない。

「何言ってるんだ、ふつうの恰好じゃないか。散歩してる人はみんなこんな恰好だよ、ジーン

ズにシャツにバッグを肩に下げて。このどこがホームレスなんだ」

「ジーンズ見なさいよ。穴があきそうなほど擦り切れてるわよ」

これにはむっとして、

「このジーンズはお気に入りなんだ。少しぐらい擦り切れても破れはしないよ」

「それだけじゃないわ。シャツはよれよれで、色褪せてるじゃないの。みっともない恰好をされると私が恥ずかしいわ」

茜さんは容赦なく言った。そう言えば、スーツばかりで生活していたから、三十年ぐらい私服というものはほとんど買っていなかった。ずいぶん長く着ているのだから、新調してもいいかな、と工藤君は思った。

「そんなにひどくはないと思うけど、でもこれからは背広じゃないもんな。よし、明日にでも服を買いに行こう」

「じゃあ、心配だから私も一緒に行ってあげるわ」

「一人で買えるからいいよ」

「今の服分からないでしょ。立川で買い物して、ついでに美味しい物でも食べましょうよ」

ちょっと面倒だなと工藤君は思ったのだけれど、まあいいか、気に入らなければ後で買い足せばいいんだしと、思い直して、

「じゃあ、明日、一緒に立川に行こう。今日は川の方に行くからこのままでいいだろう?」

工藤君は、茜さんの返事を待たないで、急いで玄関に行って靴を履いて散歩に出かけた。

家を出て、坂を下り、私鉄の駅の横の踏切を渡って少し行くと、もうそこは浅川の土手である。

「あー、気持ちいいなあ」

両手を上げて伸びをしながら声を出した。空は高く、風は爽やか。時々、ヒノキかな? 高尾山から花粉が飛んで来ているようで鼻がひくひくするけれど、そんなものは吹き飛ばすほどの上天気だ。

仕事を辞めて二か月半。前から予定していた夫婦の退職記念旅行から戻ってすぐに、茜さんの父親が亡くなって、ここ一か月半ほどは何やかやと忙しかった。それもやっと落ち着いて、のんびりした隠居生活が本格的に始まりだしたところだ。工藤君の隠居生活は読書と、何故か家事の毎日なので、散歩も日課にしてみたところ、なかなか気持ちがいいものだと分かって来た。

土手のベンチに腰かけて川を見ていると、犬を連れている人が多い事に気が付いた。

「犬と一緒だとさまになるなあ」と、工藤君は自分が犬と散歩している姿を想像してみる。小さい犬より大きい方が見栄えがいいみたいだ。白いのがいいかな、でも、今前を通った黒い犬もいいかも。まてよ、家のなかにいれてもいい小型犬のほうがいいな。ダックスフントの小さいのなんかどうだろう。

妄想を膨らませていると、茜さんの顔が目の前に浮かんだ。「自分で犬の世話してね」と言う声まで聞こえるようだ。犬を飼いたいけど、世話をするのは大変だから諦めるか。死なれると辛いしなあ。それに、犬がいると、家を留守に出来なくなる。犬を飼っている友人が、家族旅行は出来ないと言っていた事を思い出した。工藤君は退職したら、夫婦でいっぱい旅行しようと楽しみにしていた。その夢をかなえてから犬を飼えばいいか。

頭を振って犬を追い出して、工藤君は立ち上がった。

「そうだ、今日は浅川をどんどん上がってみるつもりだった」

ここで座り込んでいては、帰って来れなくなると、土手の遊歩道を歩き出した。

六月の日差しは強く、少し汗ばんで来た。行きから人を見ると、帽子を被っている男性が結構いる。自宅にある紺色の野球帽をかぶってくれば良かったな、と見ていると、キャップ型ばかりでなく、パナマ帽のような帽子など、形も色もさまざまだ。

確か親父がくれたハンチングがあったな。親父は工藤君が小さい頃から休みの日にはハンチングを被っていた。工藤君が結婚して桜子が生まれた時に、何故か新品の帽子を「これを使ったらいい」と渡されたのだ。親父の帽子を「いいね」とも、「欲しいな」とも言った覚えがない工藤君は、意味が分からなくて、洋服ダンスの引き出しに突っ込んで、そのままになっている。定年後の第二の職場で仕事中に心筋梗塞で死んでしまった親父。六十四歳だった。遺品になってしまったあの帽子を被ってみよう。工藤君は去年、父親の死んだ年を超えた。

そんな事を思い出しながら、散歩している男性の服装を観察してみる。中には膝丈のパンツにすり減ったビーチサンダルなんて恰好の人もいる。着ているのはまるでアロハのような派手なシャツだ。ホームレスのようなのは、こういった恰好だ、俺なんか全然まともじゃないか、と工藤君は思うのだ。でも、綺麗なジーンズに麻のジャケット姿で姿勢よくシャキッと歩いている同年代の男性とすれ違った時は、「負けた」と真剣にショックを受けてしまった。後ろに斜め掛けしているショルダーバッグも、茶色い柔らかそうな皮で、似合っているし、足元を見ると、歩きやすそうな靴を履いている。自分の靴は底がすり減っていて、汚れが目立っている。高かった靴だったけど、ずっと履いているからすっかりぼろになってしまっている。

「靴も買おう。ウォーキングシューズがいいかな。まあ急がないでゆっくり検討しよう」

帽子に靴にバッグにと、工藤君の妄想は新しい生活に似合ったファッションにワクワクしながら向かって行った。

少し行くと、人だかりがしている。何だろうと近づいて見ると、川に張り出している低い木の細い枝にコバルトブルーの羽に胸がオレンジ色のカワセミが止まっていた。「おっ」と見ていると、キーっと声を上げて、コバルトブルーの塊になって上流に向かって飛んで行った。綺麗だ。よし、追いかけて行こうと、工藤君は背筋を伸ばしてサッサと歩きだした。


カワセミは見失ったけれど、浅川に沿って団地や小学校を見ながら二駅分遡ったあたりで、工藤君は疲れてしまった。それで電車に乗って自宅のある駅まで戻って来た。駅前のパン屋のいい匂いにつられて店に向かうと、中に茜さんの姿が見えた。今日はバイオリンのレッスンに立川の音楽教室に行っていたはずだ。嬉しくなった工藤君が店に入って行くと、茜さんがすっと寄って来て、

「パン買うの？」

「昼用に買おうかなと思って。茜さんも買うの？」

「スーパーで冷凍ピザ買って来たんだけど、焼きたてのパンもいいなと思って。ピザは冷凍庫に入れとけばいいから」

ちょっと心配になって聞いてみた。

「俺のピザもある？」

嬉しそうな顔をしたらしく、

「あるわよ。工藤君は粉物が好きねえ」

茜さんに言われてしまった。

「そうじゃない。ごはんも麺も好きだよ。炭水化物好きって言ってくれ」

「甘い物もね」

焼きたての匂いのするクリームパンをじっと見ていたら言われてしまった。むっとして、出したトングを引っ込めると、茜さんがクリームパンを二つトレイにとってにっこりして言った。

「私も好きよ」


いい匂いのするパンが入った袋をぶら下げて、二人で駅から坂を上《のぼ》って家に向かって歩いていると、十歳ぐらいの少年が走って来て、工藤君の前に突然立ち止まった。

「時間いいですか？」

「時間？　ああ、時計か。あるよ。ちょっと待ってね」

左手で荷物を持っていたので、右手に持ち替えて、腕時計を見る。

「十一時五十分だよ」

親切に教えたのに、少年は返事もしないで、ただ突っ立っているので、曲がった事の嫌いな工藤君は、つい言ってしまった。

「おい、ありがとうくらい言えないのか」

やっと少年は、

「ありがとうございます」

そう言ったのがしぶしぶのようで、「何だ、こいつ」と思ったが、大人なので我慢することにした。そこにバインダーを持った子ども達が三人ほど走って坂を下りて来た。少年はその三人に合流して行ってしまった。

「今の小学校は何を教えているんだ。時間を教えてやったのに、礼も言わないなんて。今の子は礼儀も知らない。何という事だ」

と、隣に立っている茜さんに向かってぶつぶつ言うと、

「あーあ、可哀そうに。あの子、何がなんだか分からなかったんじゃないの?」

茜さんは返事しながら、笑いだした。

「何がおかしいんだ」

憮然として問いかけるのに、

「だって」

そう言いかけたところで胸を押さえながら笑って、

「ああ、苦しい。だって、あの子、バインダー持ってたじゃない。何かのアンケート調査してたんだと思うよ。『時間いいですか、アンケートに協力してください』って、言いたかったんじゃないの？」

「うん？　時間を聞いたんじゃないのか」

やっと工藤君にも、何となく事情が分かって来た。

「そうか。しかし、人に物を聞くのに、突然そんな言い方あるか。アンケートに答えて欲しいならそう言えばいいんだ。『すみません』もなかったんだぞ」

茜さんは首を振って、

「突然、アンケートって言われたら、工藤君はきっと、『忙しいのに何だ、お時間ありますかくらい言え』って怒るんじゃないの？」

茜さんはまだ笑っているけど、その笑い方は非難しているように聞こえた。

「そんな事はない。『ありますか』って言ったんじゃないよ。『いいですか』だ。すみませんもなかったし」

「同じじゃないの」

全然同じではない。でも、可哀そうだったかもと思って、

「仕方ないじゃないか、そんな事、想像もしなかったんだから」

工藤君は低い声で答えて、速足で坂を上って行った。

工藤君は子どもの言動が理解できない。娘の桜子が小学校の低学年のころまでは遊んでやっていたけれど、その後は仕事が忙しくなった。家の事は全て茜さんに任せて、たまの休みの日はひたすら寝ているだけだった。あの頃はみんなそうだったんだ。これからは小学生のいる時間の散歩は避けよう。工藤君がぶつぶつ言いながら家に向かって歩いていくと、パンの匂いがお腹を刺激して、「グー」と鳴った。


家に入って、急いで手を洗ってテーブルを拭いていると、茜さんが自分の部屋にバイオリンを置いて、居間に入って来た。

「温かいうちに食べようよ」

待ちきれないで工藤君が言うと、

「何飲む？　私は紅茶飲むけど」

「俺も紅茶がいいな」

「えー、珍しいね。珈琲じゃなくていいの？」

「俺だって紅茶飲むよ」

「そうだっけ？　じゃあ、紅茶ね。あと、ミニトマトでも切る？」

「これだけでいいよ。他は何もいらないよ。仕事してる時は、昼はそばかうどんだったんだよ。卵と油揚げ載せるぐらいでさ」

美味しいパンが食べられれば、それで満足な工藤君は皿にパンを載せながら答えた。

「それって安いからじゃないの？　ねえ、カップ出してよ」

茜さんは薬缶をガスコンロにかけてから、冷蔵庫からミニトマトを出した。

「そりゃあ小遣いが少なかったからね。でもさ、麺類は早いし、俺は粉物好きだからね」

「そんなに好きなら、家でも昼に食べればいいでしょ。今度作り方教えてあげようか」

「ずっと、食べてたんだ、飽きるってこともあるんだ」

工藤君はカップとスプーンを二つ出して椅子に座り、

「俺は親父の年を超えて妻とパンを食べる。いい余生だな」と、呟いた。

「なあに？」

「美味しいパンに飽きる事はないだろうけどって思ってさ」

茜さんが笑いながら、ティーポットを持ってきた。

ここにいるよ　うつむかないで

その電話がかかってきたのは、丁度夕食を食べ終わって、工藤君が自分の食器を流しに運んでいる時だった。茜さんが玄関脇にある固定電話に向かったので、台布巾でテーブルを拭いていると、電話口で話しているのが聞こえた。

「いいわよ。私は居るから来て頂戴。印鑑証明？　分かったわ。明日出張所で取ってきておくから」

電話を切って戻って来た茜さんに、

「誰か来るのか？」

茜さんは椅子に座りながら、

「兄さんから遺産相続を辞退して欲しいって。それで、今度の日曜日に書類持って来るって」

茜さんの父親が亡くなって三か月になる。三年前から施設に入っていたのだけれど、去年の秋に誤嚥性肺炎になってから何度か入退院を繰り返して、今年の四月に亡くなったのだ。茜さんの母親は五十代で癌で亡くなり、その後に長男一家が実家に戻って父親と暮らしていた。茜さんが急須にお茶の葉を入れ出したので、工藤君は立ち上がって、二人分の湯飲み茶わんを食器棚から出してきた。

「うちは辞退でいいでしょ」

「そっちの家の事だから、俺はどうでもいいよ」

ずっと実家で父親の面倒を見てきた長男が相続するのが一番いいなと工藤君は思っていた。工藤君の家は茜さんのお金はなくてもやって行ける。だから、茜さんがお金はいらないなら別にそれでいい。でも、茜さん達三人兄弟の一番下の正雄君が、葬式の時に焼き場で長男に「俺にも遺産ちゃんとくれよな」と言っていたのを聞いたけど、どうなったんだろうか。茜さんは知っているのだろうか。でも、口を出すと、また何か言われるから黙っていようと、工藤君は思った。ただ、ちょっと心配だったので、

「日曜日は俺も居たほうがいいのかな」

「いいわよ、居なくて。工藤君がいると話がこんがらがりそうだから」

「何だ、それ」

「だって、いつもすぐ七面倒くさい事を言い出すじゃない」

「そっちがいい加減だからだよ」

「どこがいい加減なのよ。うちの事なんだから、口出さないでよ」

「誰も口なんか出す気はない。でも、相続って難しいんだよ。遺産がどの位あるかとか、相続人が他にいないかとかちゃんと義兄さんに確認したのか？」

「他って何よ？　兄さんと私と正雄しかいないわよ」

「親父が死んだ時に、戸籍取り寄せて他に子どもがいないかとか調べたんだよ。そうじゃないと相続できないって銀行に言われたから。まあ、いなかったけどね」

「うちもいる訳ないじゃない。馬鹿な事言わないでよ」

茜さんが声を荒げたので、工藤君はむきになった。

「馬鹿じゃないよ、大切な事だ。だから、それをちゃんと聞いてるのかってことだよ。それに、正雄君が『自分も遺産が欲しい』って葬式の時に言ってたけど、諦めたのか」

言わないでいるつもりが、つい口に出してしまった
「えー、正雄がそんな事言ってたの？　兄さん、何も言ってなかった。聞いてみるわ」

かっかしたまま電話をかけに行った茜さんを見送った工藤君は、「まずい、まずい」と胸の中で言いながら茜さんが入れてくれたお茶を啜った。

しばらくして戻ってきた茜さんは、どん、と椅子に座ってお茶を飲み干して、

「あなたの言うとおりだった。正雄ったら、自分の権利だからちゃんと三分の一は貰うって。信じられない。父さんの施設にも入院先にも全然顔出さなかったくせに。姉貴がいらなくても俺は貰うよって言うんだから。それは納得できないって言ったんだけど」

「その事をお義兄さんは？」

「兄さんには伝えてあるって。それなのに、私に何も言わないで『辞退してくれ』って言うのはおかしいわよね」

「これは兄弟で話し合ったほうがよさそうだね」

「もちろん。私を除け者にして決めるなんて許せないわ。私だけ馬鹿みたいじゃないの。いいわ、日曜に私も相続するって言ってやる」

やっぱりそうだったのか、正雄君は、会社を辞めて自分で商売を始めたと聞いている。色々、金が必要なんだろうな。これは揉めるな、と思いながら、

「じゃあ、俺もいるよ。味方がいたほうがいいだろ」

「うん、お願いするわ」

茜さんは、結婚して家を出ているから遺産はなくてもいいと思われているんだろう。でも、

そんな事を言えば、「前近代的な女性蔑視だ」と火に油注ぐようだから黙っていようと、工藤君は思った。

次の日、茜さんの応援に相続の本を図書館から借りて読もうと、工藤君は思いついた。普段利用している家の近くの私鉄駅前にある図書館は小説が中心なので、中央線の駅そばの中央図書館まで行ったほうがいいだろう。電車とバスを乗り継いでいくと、結構時間がかかる。それなら散歩がてら歩いて行った方が早いな、三十分位で着くかな、と思って、急いで昼食を食べて出かけることにした。

そこで、工藤君はいい物を自分の部屋に隠しておいたのを思い出した。茜さんが朝食にしているドライフルーツの入ったシリアルを一昨日、スーパーで見つけて買っておいたのだ。簡単に食べられるから、味見を兼ねて今日の昼飯にすることにした。まずかったら川で泳いでいる水鳥に投げてやろう。

中に入っているレーズンにリンゴ、パイナップルといったドライフルーツは工藤君には甘かった。それで、牛乳をたくさんかけてぱちゃぱちゃさせて、「本当にこれじゃあ猫の餌みたいだなあ」なんて呟きながら飲むようにして食べ、また自分の部屋に持って行った。

川の土手を通ったのが悪かったのか、図書館は思ったより遠かった。相続の本三冊に、面白そうな小説も見つけて全部で六冊になった本をリュックに入れて、やっと図書館から戻ったのは五時近くになっていた。

「ただいま、ああ疲れた」と、家に入ると、先に帰っていた茜さんが怖い顔をして振り向いた。

「私のシリアル食べた?」

「食べてない」

工藤君は即答した。茜さんが一度は自分の部屋に持って行ったシリアルを、今では食器棚に置いているのは知っているけれど、それを食べるなんてできる訳ないじゃないか。食べたのは俺のものだ。

「キッチンの流しに欠片が落ちてたよ。何がどこにあるか、ちゃんと覚えてって言ったけど、黙って味見していいなんて言ってないわよ。これは泥棒だよ」

そこまで言われて工藤君は、

「違うよ。泥棒なんて言うなよ。俺のを食べたんだよ。スーパーにあったから買ってみたんだ。鴨にやってもいいかなって思ってさ」

工藤君は泥棒でない証拠に、自分の部屋から手のついた袋を持って来て茜さんに見せた。それをじっと見て、茜さんは大笑いした。

「おいしかったでしょ」

「うん」

「じゃあ、明日の朝は一緒にこれを食べる?」

「うん」

工藤君は頷くことしかできなかったけれど、食器棚に自分のシリアルも並べて置いて、ついい、にやにやしてしまった。


茜さんの兄の秀一さんとその妻の圭子さんが来る約束の日曜日は、朝から茜さんの気合が入っていた。暑いのに最近には珍しい勢いで家中の掃除をしている。約束の時間は午後二時なのに、せっかくの美味しいシリアルも、散らかるからと、今朝は食べるのを禁止されて、ロールパンになったほどだ。

「工藤君、玄関の三和土に雑巾かけてね」

家の前の掃除を済ませて、汗をかきながら玄関に入った途端に雑巾を渡された。工藤君は、兄弟なんだからいいじゃないかと思うのだが、「圭子さんに汚いと思われるのは嫌」と茜さんは頑張っている。

「今日は弱みは見せられないのよ」

でっぷりとお腹の出た秀一さんは、茜さんの入れたお茶を飲みながら工藤君に向かって話し出した。

「どうですか、仕事辞めて」

「いやあ、のんびりさせてもらってますよ」

「いいですね、私なんて貧乏暇なしで、なかなか辞められませんよ」

秀一さんは工藤君より三つ年上なのだが、役員待遇で会社に残っている。

「相談役というのは、そんなに忙しいものなんですか」

「とんでもない、相談役じゃあありませんよ。そんな偉いもんじゃないですよ。まだ会社にこき使われている身ですよ」

「何してるんですかねえ、毎日朝から出かけて、夜遅くに飲んで帰って来るんですよ。休日にも出かけるし、全然変わってないんですよ」

秀一さんの妻の圭子さんが口を挟んだ。すかさず茜さんが、

「亭主元気で留守がいい、って状態ね。それはいいわね、圭子さん楽ねえ。うらやましいわ」

茜さんがもう戦闘態勢に入っている。あーあ、工藤君は胸の中で「くわばらくわばら」と呟

いた。

圭子さんは、茜さんの言葉を聞かないふりをして秀一さんに顔を向けた。頷いた秀一さんはお茶を一杯飲んで、

「それじゃあ、先に今日の要件を済ませてしまおうか」

と言いながらカバンから一枚の紙を取り出してテーブルの上に置いた。茜さんはそれを手に取りチラッと見て、

「あら、書類ってこれだけなの？　父さんの遺産の明細とかは？」

「家と土地に銀行預金が少しだよ。言っただろ」

「相続にはそういう書類も必要なんじゃないの？　見せてよ。それとも、私に見せられないような都合の悪い事でもあるの？」

「別に何の意味もないよ。辞退してくれるっていうから、その紙だけ持ってきたんだよ」

「親の残した財産よ。ちゃんとその書類を持って来るべきなんじゃないの」

「まだきちんと確認できてないから詳しくは覚えてないけど、銀行預金が五百万円ぐらいだったかな。そうだったよな」

秀一さんは圭子さんに確認を求めるように言った。工藤君は黙っている約束だったので、お茶を飲みながら二人をじっと見ていた。事前に相続の本を読んで予備知識を仕入れた茜さんの

質問に、義兄の目がちょっと泳いだような気がした。工藤君が圭子さんを注意して見ていると、五百万円のところで口元が緩んだのを見て取った。ごまかしているのだろうな、そう思って茜さんを見ると、

「変ね。父さんはもっと持っていたはずよ。年金もかなりもらってたもの。前に、使わないから年金が溜まってるって言っていたわ。まさか兄さん使い込んだんじゃないわよね」

「馬鹿言うな。施設の入所費用だって、入院費用だってそれなりにかかるんだぞ」

自分の母親も施設に入っているので、そうだろうなあと工藤君は思ったが、茜さんは、

「じゃあ、それも含めてちゃんと教えてよ。それに、これには私の名前しかないけど、正雄とはどうなってるの？」

「正雄にも辞退してもらうつもりだよ。家と土地だけでも相続税が掛かるんだよ。預金を相続しないと税金払えないし」

「正雄に聞いたら、遺産貰うって言ってたわよ。私だけに辞退の書類書かせるっておかしくない？　ごまかさないでよ」

茜さんは一気に言った。

「ごまかそうなんて気はないよ。お前が遺産はいらないって言うから、わざわざ来たんじゃないか」

秀一さんに被せるように圭子さんも言い出した。

「そうですよ。私達がどんなに苦労してお義父さんを見て来たか、茜さんは分かってくれていると思っていたのに。施設に入る前の二年間はボケちゃって、お風呂にも入らないし、徘徊するしで本当に大変だったのに。お義父さんの面倒は見ないで、みんな何もしないで、それなのに正雄さんだけじゃなくて、茜さんまで色々言い出すなんて。今になってお金だけ欲しいなんて言うんじゃないでしょうね」

茜さんが毎週実家に通って父親を世話して、お風呂に入れてあげていたのを工藤君は知っている。でも茜さんは、毎日一緒にいる兄夫婦のほうがもっと大変だと、父親が兄夫婦の扱いについて愚痴を言っても慰めるだけで、兄夫婦には何も言わずにいたのだ。

「そういう話をしてる訳じゃあないわ。失礼ね。私は隠し事しないでちゃんと教えて欲しいって言ってるのよ」

「分かったよ。茜の言うのももっともだ。別に隠すつもりはないんだよ。じゃあ遺産をきちんと調べて、一覧表を作って郵送するよ。この辞退の書類は置いていくから、納得したら印鑑証明と一緒に実印を押して送ってくれればいい」

秀一さんが圭子さんの膝を叩いて言った。工藤君はその時に目で圭子さんに合図をしたのを見てしまった。何か隠している。こうなれば自分が参戦しても怒られないだろうと思い、

「秀一さん、茜。一度兄弟三人で話し合った方がいいんじゃないですか。正雄君の意向も本人から直接聞いた方がいいし。ところで、お義父さんの戸籍取り寄せたんですよね。ご兄弟三人以外に相続人がいるか調べました?」

　そう聞かれて、

「請求してるけどまだ揃っていないんですよ」

「僕も父親が死んだ時に取り寄せましたけど、ずっと遡るから面倒ですよね。じゃあ、戸籍が全部来てからの話ってことでいいでしょうね。茜もその方がいいよね」

　茜さんの兄夫婦は、書類が揃ってから全員で話し合うと約束して、署名してない書類を持って帰って行った。玄関まで送った茜さんは、戻って来るなり「疲れたあ」と、ソファに座り込んだ。

「珈琲入れようか」

　そう言って工藤君がキッチンに向かおうとすると、茜さんは立ち上がって、

「私が入れるからカップ出して。お持たせのクッキー食べよう」

　工藤君が珈琲カップを選んでいると、キッチンでお湯を沸かしながら茜さんが、

「そうだ。さっき私の事『茜』って言ってたよね」

工藤君を睨みつけた。驚いて、

「え？　そうだけど、それが何？」

「呼び捨てにしたでしょ。失礼な」

身内は呼び捨てが当たり前だろうって、今言っても耳に入らないんだろうなと、工藤君は諦めて、「そうだったね、ゴメン」と素直に謝った。

「うん、今度は気を付けてね。そうだ。クッキーだから珈琲より紅茶にする？」

「ああ、紅茶でいいよ」

紅茶でクールダウンしてくれるといいなと思いながら言うと、

「そうか。工藤君は家では紅茶飲まないんだったね」

またか、とんだとばっちりだと思いながら、

「何言ってんだよ。飲んでるじゃないか。いい加減にしてくれよ」

茜さんはちらっと工藤君を見て、抑揚のない声で言った。

「そうだっけ」

工藤君は珈琲カップを食器棚に戻して、代わりに紅茶用の白いカップを出した。それを見て茜さんは、黙って二人分のカップにティーポットから紅茶を注いだ。工藤君はクッキーを取り出してお皿に並べながら自分のカップにも紅茶が注がれているのを見てほっとした。

茜さんは椅子に座って、紅茶を一口飲んで、

「ああ美味しい、ほっとするわね。ねえ、工藤君、今日はナイスフォローだったね。助かった。本当は兄貴達をもっと厳しくとっちめたかったけど。これでもう隠し事はしないで全部出してくるだろうから、まあ今回はいい事にする」

「秀一さん、本当は全部調べ終わってるね、圭子さんの言い方が何か変だったから。預金もまだまだありそうだし」

「絶対なんか隠してるよね。本当のこと言えばいいのに。何でかなあ。ああ、気分悪い。ねえ、戸籍調べてくれる？　自分の目で確かめたいの」

「いいよ。図書館で借りた相続の本見ながら、取り寄せてみるよ。茜さんの委任状がいるんだったっけ？　その様式の見本もあったかな。そうか茜さんの名前で出せばいいか」

まだ戦闘モードの茜さんに頼られて少し嬉しくなって、紅茶の湯気に隠れて工藤君はにやにやしてしまった。

ラストダンスの前に

　葉っぱがガサゴソしているような音が聞こえたと思ったら、ワンワンと犬が大きな声で吠えだした。

「うるさいぞ」、と叫んで工藤君は目が覚めた。ウワー、ウワワーというサイレンにカンカンカンという音が混じっている。

「わー、消防車の音だ」と、工藤君は飛び起きた。

「おい、火事だぞ」

　そう言っても、誰も返事をしない。当たり前だな、隣の部屋との壁が厚いから、茜さんに聞こえるはずはない。そう納得して急いでパジャマを脱ぎ、Tシャツにジーンズを穿いて部屋を出た。玄関を出て空を見上げる。大通りの反対側の坂の上の方に大きな炎が見える。黒い煙も混じっている。これは大きい、大変だ。炎の方に向かって行くと、後ろから大きなサイレンと共に消防車が上がってきて追い抜いて行った。それを追いかけるように急いで坂を上がって行くと、パジャマのままで大通りに立っている男性が、炎と煙を眺めながら工藤君に声をかけてきた。

「ちょっと上の方ですね。また空き家に放火があったんですかねえ」

「どうなんですかね」

それだけ答えて、つんのめるように歩いて行くと、前方に人溜まりが見えた。その先に、洋館風の二階建ての家が、赤い炎に包まれている。燃えているのは三上さんの家だ。

「空き家じゃないのに何で燃えているのだろう」

工藤君が思わず口に出して呟くと、隣に立っている人が教えてくれた。

「庭で焚火をしていて、その残り火を始末しなかったらしいですよ。家に燃え移るなんて、怖いですねえ」

工藤君がまだ若い頃この分譲地に越してきた時には既に三上さんは中年で、通勤時間が一緒になることが多かった。いつの間にか退職して品の良いお爺さんになっていたけれど、そのお爺さんが亡くなり、お婆さんも二年前に老人ホームに入居して、しばらく空き家になっていた。それが、この四月から近くの大学に入学した孫娘が住みだしていて、工藤君が散歩してい

ると元気な声が聞こえて来ることがよくあった
つい先日も、坂の上から孫娘が若い男性と楽しそうに降りてくるのに行き会ったところだ。茜さんにその話をしたら、「住んでくれる人がいるからいいじゃないの」と言われたけれど、ボーイフレンドを引き入れているのを親は知っていたんだろうか。

火事を見ている工藤君の周りで、

「夏休みになってから、バンド仲間みたいなのとよく騒いでいましたからね」

「夜中にキャンプファイヤーやってましたよ」

そんな声を聞きながら、「そうか、焚火か。それにしてもよく燃えているな」と、工藤君は三台の消防車が消火作業をするのをじっと見ていた。


火事場から家に帰ると茜さんがキッチンのテーブルでお茶を飲んでいた。

「消防車が次々やって来たけど、消えたと見えても、またくすぶっている所が赤くなるんだよ。なかなか消えないのは怖いなあ。疲れたので完全に消えるのを待たないで戻ってきたよ」

工藤君が報告するように言うと、

「どこらへんだったの？」

「三上さんの家だったよ。若者が焚火して失火したみたいだよ」

「ゴミは片付けたようだったけど、まだ残っていたのかしらね」

そういえば、三上さんのお婆さんは五年ぐらい前にお爺さんが入院したあたりから、どこか変になったようで、家がゴミ屋敷になっていたと前に茜さんが言っていた。工藤君は、その頃はまだ働いていたので、ゴミ屋敷状態を見てはいない。

「広い庭にゴミ袋や発泡スチロール、自転車までも積んであったから、全部片付けてなかったのかもしれないわね」

「そんなにひどかったのか。俺も庭を掘り返している姿を見たことがあったよ。その時はゴミでも埋めているのかな、と思ったんだけど」

「埋めきれなくて庭に積んでたのかしらね。家の中に入りきらなかったのかもね。お孫さんが来ても生活できるだけのスペース以外はゴミだったかもしれないわね」

「この辺りにはゴミ屋敷って多いのか？」

「どうだろう。人に聞かないで、散歩しながら観察しなさいよ。うちだって私がいなくなったら、工藤君一人じゃすぐゴミ屋敷よ」

「じゃあ、すぐ再婚するから大丈夫だよ」

「どうして自分で片付けをするって気がないのかなあ。工藤君と結婚してあげようなんて女性は私ぐらいだと思うけど。まあ頑張ってね」

茜さんは湯飲み茶わんを流しに持って行って、そのまま寝に行ってしまった。何で話がそれるのかな、俺もお茶飲みたかったのになあ、と思いながら冷蔵庫から麦茶を出して、工藤君は一息ついた。

一週間ほどして、ほとんど燃えてしまった三上さんの家の焼け跡から骨が出て来たと近所で噂になった。

「ああ、ゴミも死体もみんな燃えてしまったのか」

工藤君は、散歩しながらそんな事を思って、ついついゴミ屋敷を探してしまうようになった。庭にゴミが山積みになっている家はまだいいほうで、玄関先まで古い椅子や家電などを積み上げている家も一軒あった。雑草が生い茂って二階の窓まで覆い隠していたり、青い梅が落ちたままになっている家なんてこの住宅地には当たり前のようだった。

そんな散策をしながら、坂を下りて行くと、駅前の小さなビルの一階にあるカレー屋のドアに張り紙があるのに気が付いた。

「今月をもって閉店いたします。ここに店を開いて四十年、皆さまには誠にお世話になりました。ありがとうございました」

この店は駅ビルが出来た時に開店したテーブルが五つほどの小さい店だ。当時には珍しいナンが食べられる店なので、桜子が小学生の時には休みの日に、よく一緒に来たものだった。

「そうか、家だけでなく店も閉まるのか。確か店主はあの頃すでに三十は過ぎていたから、もうそんな年になるんだな」

工藤君が感慨深く張り紙を眺めていると、

「閉店するんですねえ」という声が聞こえた。見知らぬ老夫婦が工藤君の横から張り紙を覗きこんでいる。

「昔は出かけると、帰りによく寄ってたんですけどね。最近は医者に行くときしかここを通らなくなって。驚きましたね」

「そうですね、私も子どもが小さい時には良く来ていたんですけど、今はとんとご無沙汰になってました」

工藤君がそう言うと、すっかり禿げている男性はにこにこして、横の奥さんに話しかけた。

「今日は久しぶりなので、寄って行こうか？」

「そうですね、最後ですからね」

杖を突いた奥さんがそう相槌を打って、二人がカレー屋に入って行くのを見送った工藤君は、そのまま隣のケーキ屋を眺めた。この店も駅ビルが出来た当時、若い夫婦が二人で手作りを売り物に開店した店である。いまは流行っているけど、彼らだっていつまでも若くないものなあ、閉店しないうちに、と工藤君はケーキを買うことにした。

ケーキを持ったまま図書館で一時間も本を眺めて、結局、簡単に読める時代小説を二冊借りた工藤君は、疲れてしまった。そこで、地域バスで帰ることにした。この一時間に一本のミニバスは、大通りから丘陵地をぐるっと回る巡回ルートを通っている。工藤君の家からバス停までは少し離れているのだが、坂の上の方なので、駅から歩くより少し楽なのである。だから暑い日や雨の日などにはよく利用している。

バス停に並んでいるのは、大きなリュックを背負った老人ばかりである。男も女もズボンにスニーカー姿で、まるで山登りのような買い出し部隊だ。ここは坂が多いので、車がないと買い物も大変なのだ。工藤君もいつまで車の運転ができるだろうかと、少し心配になった。

やっと来たバスに乗ると、シルバーシートに四、五歳の子どもが座っている。その前に連れらしいお祖母さんが立っていた。工藤君はまだ若いから座席には座らなくても平気だけれど、それでもバスが傾斜にかかると、しっかり踏ん張らないと転びそうになる。何でこの国は年寄りに厳しく、子どもに甘いのだろうか。何という事だ。工藤君はじっと幼児を睨んでやった。こちらは老い先短いんだぞ、ボーッとしているとカレー屋もケーキ屋も、お前のお祖母ちゃんだってみんな閉店してしまうぞと、目に力を入れて脅してやったのだった。

プンプンしながら家に帰って、茜さんにケーキを渡して、

「駅前のカレー屋、今月いっぱいで閉めるらしいよ」

そう言うと、茜さんに言われてしまった。

「それならカレーをケータリングすればよかったじゃない」

ますます気分が悪くなりながら、

「そうかあ。考えつかなかった。それにさ、夕飯の用意していると思ったし」

「それでケーキ買ったの？　良く分からないけど、まあいいわ。今食べる？　それとも食後にする？」

「今食べようよ」

工藤君が言うと、

「じゃあ、珈琲入れるわね。ここのケーキ久しぶりねえ」

茜さんはにこにしながら立ち上がって、キッチンに向かった。工藤君は急いで珈琲用のカップを食器棚から出してテーブルに並べた。

「手、洗ったの？」

そう言われて、慌てて洗面所に行きながら、

「閉店前に一緒にカレー食べにいかないか」

「いいわね。明日、パートの帰りに待ち合わせしようか」

それで、工藤君はシルバーシートの話なんか、もうどうでもよくなってしまった。でも何となく、「いいよ」と、ぶっきらぼうに返事をしてしまった。


翌日の夕方、工藤君はハンチングに、茶色い皮のウォーキングシューズを履いて久保川の支流に向かっていた。いつものスニーカーではないのは、久しぶりに茜さんと待ち合わせて外で食事をする約束だからなのだ。

ウキウキと歩いていると、突然、前を歩いていたカラフルな麦藁帽の男性が立ち止まった。おっとぶつかる、と追い抜こうとして見ると、あご髭が真っ白な老人だった。ところが、工藤君が足を速めて左側を通り過ぎようとすると左に寄って来る。で、右から抜こうとすると右に動く。後ろに目があってわざと邪魔しているのだと思わせるようなタイミングの、うまい動きだ。工藤君はイライラしながらも、たじろがないでステップを踏むようによける自分に「俺もまだまだ捨てたもんじゃない」と、ちょっと嬉しくなった。

鴨や白鷺がいるかなと川を覗きながらあちこち歩いて、工藤君がやっと駅前のカレー屋に着いた時には、久しぶりの茜さんとの待ち合わせだというのに、歩き疲れて帰って横になりたくなっていた。店を覗くと、茜さんがもう先に来ていて、こちらを見て手を振っている。それで、少し元気が出て、工藤君も手を挙げて店に入って行った。

注文をとりにきたこの店の奥さんにそれぞれカレーを頼んだ後に、茜さんは、

「今日は、この店とのお別れだからいいよね。給料日だったから、私がおごるね」

と、赤ワインを一本とタンドリーチキンを注文した。

工藤君は、「おごってもらうのか。あーあ、偉そうになあ」と、ちょっと変な気分になった。

それで、まだワインも来ないうちに、さっきの真っ直ぐ歩かない年寄りの話を始めた。憤慨する工藤君に茜さんは、

「年取ると我慢が出来なくなるみたいよ。ほら、うちの父が死ぬ前そうだったじゃない」

そういう問題じゃない、周りが見えなくなる話なのだと思う工藤君だったが、茜さんは続けて言った。

「人の事が許せないって言うのは、あなたも年取ったってことよ。辛抱できないんでしょ」

おい、おい。そんな八十過ぎてた義父と一緒にしないで欲しいと、

「そんな事はない。若い頃から変わらないよ。ちゃんとステップで躱したんだぞ」

工藤君は憮然として言った。

そこにワインとカレーを持って店の奥さんがやって来た。

「久しぶりに来ていただいて、ありがとうございます」

　お礼の言葉に茜さんが返して、

「閉店されるって聞いたので食べに来ました。どこか、お悪いんですか」

「そう言う訳じゃないんですよ。段々、主人も力が無くなってきましてね。もうすぐ七十五歳ですからねえ。鍋もフライパンも大きくて重いんですよ。私もサッサと動けなくなってきて。事故でも起こさないうちに店を閉めようって決めたんですよ」

「みんな年取っていくから仕方ないのでしょうけど、残念だわ。これからどうなさるんですか」

「店の片付けが終わったら、温泉にでも行って少しのんびりしようと思ってます。その後も、のんびりかしら」

　そう言うと奥さんはほほほと笑ってから、店に入って来た新しい客に気付いて、そちらに向かって行った。

「年取るのは仕方ないんだ」

　工藤君がボソッと言うと、

「まだ私達は若いわよ、ぶつぶつ言わなければ大丈夫。ステップ踏めたんでしょ。色々楽しんで生きなきゃね」

茜さんはそう言って、ワイングラスを持って工藤君のグラスにチンと当てた。ワインを一口飲んで濃厚な香りにふぅーとしている工藤君に、

「二人でダンスでも習う？」

冷やかすように茜さんが言うので、首を振って、

「まさか。空腹でワイン飲むと酔いそうだな」

そう言うと、ナンをちぎってキーマカレーにつけて口に入れた。

「美味しい」

工藤君は満足してすっかり幸せになった。

たぶんもうすぐ雨も止んで

昨日から降っていた雨はやっと昼前に上がった。それでも灰色の雲がどんよりと垂れていて、しかもこの灰色は黒に近い色だった。今日の散歩は中止にしたほうがいいかな、とカップワンタンメンを食べながら工藤君は庭を眺めながら考えていた。

最近、工藤君は、昼飯を済ませると散歩に出かけている。定年になったので、本当は好きなだけ家でゴロゴロしたいところなのだ。でも、茜さんが工藤君が家にいると落ち着かないと、嫌がるようになってしまったのだ。自分がいることがストレスになるなんて思ってもみなかった工藤君はショックだったけれど、茜さんが家にいる日はなるべく散歩に出かけるようにしているのだった。

昼のテレビでアナウンサーが、沖縄に近づいている台風の進路がこちらに向いていると言っていたので、工藤君は傘を持って散歩に出かけた。傘を杖代わりに坂を上って行くと、自転車を引いた初老の男が下って来る。パンクしたのかな、と思ったが違った。自転車に一メートルほどの細い木を載せて手で押さえていたのだ。木の根っこには泥が付いている。どこかに植えるのかなと工藤君が見ていると、近づいてきた男が足を止めて話しかけて来た。

「植え替えるのに丁度いいんですよ。この大きさがね。時期は悪いんだけど台風が来そうですからね」

こちらからは何も聞いてないのにそう言うので、ただ頷くと、

「この上の公園で、一昨年に見つけてね。ずっと、見てたんですよ。やっと丁度いい大きさになったからね。このくらいなら良い花が咲くよ。早すぎると実がつかないからね。ちょっと運びにくいけどね」

男はそう早口に言うと、もうこちらを見ないで急いで下って行った。

工藤君はそのまま公園に向かって、「何の木だったんだろう」と、気になってさっきの木に似た木を探してみた。「花」と言っていたけれど、どの木も花どころか蕾も付いていないので全然分からなかった。でも、工藤君は歩き回りながら、庭を改築で狭くした時に、大きくなった庭木を抜いてしまったので寂しくなったから、うちにも花と実の生る木を植えようかな、なんて思って楽しくなっていた。

家に帰って早速庭に回って妻の茜さんを呼んだ。

「ねえママ、ちょっと来てよ」

「ママって誰?」

茜さんの冷たい声が返って来た。しまった、間違えた。

「茜さん、庭に来てください」

だいたい、何でママが茜さんなのか。孫は「じいじ、ばあば」と呼んでいるというのに。

手を拭きながらやって来た茜さんに、

「お前さあ、ちょっと間違っただけなのに、目くじら立てるなよ」

「お前じゃない。私なんて『あなた』って呼んでるんだよ」

「お前も『お前』って呼べばいいじゃないか。親しいから『お前』なんだよ。よその人には呼べないだろ」

「ほらね、よその人は尊重してるんでしょ、妻に対する尊重はどこ行ったのよ」

「尊重の上の親愛の表現なんだよ」

「何が親愛よ、もう、どうして分かんないの。それに、パパだのママだのって呼ぶのは止めようって二人で決めたんでしょ」

「つい間違ったって言っただろ。わざとじゃないよ。でもさ、もうジジババだからね。『ばあば』でいいだろ?」

「ふざけないで、真面目に話してるんだよ」

「俺も真面目に言っているよ。『ばばあ』ってんじゃないんだからむきになるなよ」

「何が『ばばあ』ですか。私はあなたの、もとい、お前の『ばあば』じゃあないわ」

何がお前だ、ああ、庭木の話は何処に行ったんだ、まったく話ができない奴だ。工藤君がそう思って憮然としてると、茜さんが、

「で、何? 私に用があったんでしょ」

「いいよ、もう」

自分でも大人げないのは分かっているけれど、そう言ってしまう。だって、ママって呼んだのは茜さんと一緒に庭の話をしたかったというか、つまり甘えたかったから、ふと言ってしまったのに。「お前」と同じ愛情表現だったのに。

「何よ、夕飯を作っていた手を止めて、わざわざ来たんだから、言いなさいよ」

「庭木を少し植えたらどうかと思ってさ」

茜さんは呆れたように、

「急ぎじゃない事で呼ばないでね。あなたもさっさと着替えて夕食の準備手伝ってよ。まった

く、やっと庭がすっきりしたと思ったら、また植えたいの？」

そう言って、キッチンに戻ってしまった。

「パパママ」は止めようって言いだしたのは、実は工藤君なのだ。退職して一か月経った頃、二人だけの新しい生活にちょっと期待して、つい、そう言ってしまったのだ。

「じゃあ、何て呼ぶ？　私は茜さんって呼んでほしいなあ」

工藤君が言ったとたん、茜さんは嬉しそうに答えたのだ。

「おいおい、何で茜さんなんだよ」

「だって私たち、結婚前は『茜さん』『工藤君』って呼んでたじゃない？　そこに戻ればいいんじゃない？　ね、工藤君」

それで、ちょっとくすぐったかったけど、そういう約束になったのだ。でも、工藤君はついつい「ママ」と呼んでしまっては叱られているのが現状である。誤算だったのは、「おい」とか、「お前」とかにまでチェックが入るようになってしまった事だ。


夕食の席で工藤君は散歩中に出会った自転車の男の話をした。そして、

「あれ、何の木なんだろうなあ。実が生るみたいだった。うちにも実の生る木を植えてもいいんじゃないかな」

「それって、公園の木を抜いて来たって事よね」

「植え替えてもいい頃になるまで待っていたって言ってたよ」

「ずうずうしい男がいるわねえ、それじゃあ泥棒じゃないの」

「そうかあ、泥棒か。俺も木を探そうかと思ったんだけど、買わなきゃダメか」

「ご近所の庭見なさいよ。あちこちで梅が落ちたままになっているでしょ。歩いていて気が付かなかったの？　ほら、お隣なんか毎年秋になると、柿が落ちたのが潰れて汚くて嫌になるわ。年を取ると手入れも収穫も出来なくなるのよ。今更、実の生る木なんて無理よ」

「そうかなあ。無理かなあ。じゃあ、諦めるか」

工藤君は、去年、坂の上にある洋館の大きなカリンがぽたぽた落ちてるのを見て「無残だなあ」と思ったのを思い出した。それでも散歩の途中に、いい木がないか探してみようなんてこっそり思っていた。


次の日、昼食のあとの茶わん洗いを済ませて、リビングのソファに横になって庭を眺めて「姫リンゴの木なら花も楽しめるから茜さんも喜ぶんじゃないかな」などと妄想していたら、工藤君は眠たくなってきた。

そんな工藤君に茜さんが珍しく話しかけて来た。

「何してるの？」

「うん。昨日、公園近くで会った自転車の男が持っていた若木は何だったんだろうと思ってさ」

「まだ木を植えようって思ってんの？」

「そうじゃないよ。柿か梅か、山桃かもしれない。姫リンゴならいいなとか、ちょっと思っただけだよ」

茜さんは、声を高くして、

「呆れた、何だっていいじゃない。他に考える事ないの？」

「いいじゃないか、考えるだけなんだから」

「妄想ばっかりしていないで何かすることないのって、聞いてるの」

「あちこち歩いてるよ」

「趣味よ、趣味。何かしたい事ないの？　一日グダグダして」

「グダグダなんてしてないよ」

「じゃあ、ゴロゴロして。人生の目的ないの？　やりたい事ないの？」

「いいじゃないか、もう。子どもを育て上げて、会社を退職して、家も改築して快適な老後生活ができる環境を整えたんだから。人生の目的を達成したんだ。のんびりして何が悪い」

「毎日毎日何もしないで。生産性のある生活できないの？　趣味とか、習い事とか」

「何で趣味持たないといけないんだよ。俺は親父の死んだ歳を超えたんだ。あと少しの余生をのんびり過ごしたいって何度も言ってるだろ」


茜さんのあのキーコキーコのバイオリンのどこが生産性なんだ。筋トレだって、水泳だって、その後に仲間と甘い物食べてる事を知ってるんだ。工藤君はそう思ったけれど、これは言わないでおく。「私のパートのお金をどう使おうが勝手でしょ」と、言われるに決まっているから、ややこしくなる話はしないほうがいいのだ。俺の給料で生活してきたのに、なんで「私のお金」って分けて考えるのかが工藤君には理解できない。だったら「年金は俺の自由にする」って言ってみたい。勿論、その後の騒ぎが面倒で言わないけれど。

「やっと会社を退職して生産性から解放されたんだよ」

「分かった。改善する気ないのね。やってられないわ。あー、イヤ」

茜さんはそう言い放つと背中を向けて、出て行った。やっと行ったとソファの上で背伸びをしたら、何と、バイオリンを持って来て弾き出した。

せっかく寛いでいるのに、騒音にしか聞こえない。それで、つい、

「音が外れてる」と、言ってしまった。

「練習なんだからいいのよ。あーうるさい。何で居るの？　出かけたら？」

「俺の家だ。いいじゃないか、居たいとこにいる権利がある」

「うるさい、うるさい。じゃあ居ていいけど、練習の邪魔にならないように静かにしててよ、ああ、それでも視界に入るとホント邪魔」

うるさいのはお前じゃないか、と思ったけど黙って出かけることにした。下手な音を聞いているのはまったく苦痛だ、邪魔なのはお前だと、段々腹が立ってきた。雨が降りそうなので持って出た傘を振り回すように坂道を下りていくうちに、「よし、川で茜のバカヤローと叫んでやろう」と思いついて、少し小走りになって駅に向かった。


駅に着くころには、はーはーと息が上がって、足取りもふらついて、そのままよたよた歩いて川にたどり着いた。疲れて半分はどうでもよくなってきたけれど、そうはいかない。河原で石を拾って投げようと、遊歩道から土手を降りて川の水近くまで行った。手ごろな石を探しているると、周りに結構人がいることに気が付いた。しかも川の真ん中には青鷺が立っている。しかたなく、心の中で「茜のバカヤロー」と、そっと叫んでみるだけにした。うん、「さん」なんかつけないで「茜」でいいじゃないか。これからは「茜」って呼ぼうと、工藤君は「ふ、ふ、ふ」と笑って土手から少し下がった所に腰を下ろした。

しばらく川を眺めていると、小さい雀がわらわらと飛んできた。雀が河原の草の中に入ったり、飛び出したりしているのを見ていると、いつの間にか青鷺はいなくなっていた。空気の色が変わってきたように感じて、空を見上げると、上流の橋の上にどんよりとした雲を背景にした富士山が真っ黒な輪郭をくっきりさせて黒々とそびえていた。

時計を見ると六時を過ぎていた。工藤君は驚いて立ち上がった。雨にならないでよかった。降り出さないうちに帰ろうと土手に上がった。

梅雨なんだから仕方ないけれど、雨には飽きた。明日は晴れるといいな、茜さんはいつになったら晴れるんだろうか、と小さく口に出しながら駅に向かうと、丁度駅前にケーキ店が見えたので、チェリーのケーキを二つ買ってしまった。

そんな自分が可笑しくなって、工藤君は疲れたから甘い物が食べたくなったんだ、と必死で自分に納得させていた。

翌日は朝から雨だった。洗濯も外の掃除も出来なかったから、十時前には家の中の雲行きが怪しくなってきている。そうだ、この前図書館で借りた剣豪小説が終わりそうだから続きを借りに図書館にでも行くか。工藤君はそう思って、

「これから図書館に行ってくる。駅前のパン屋で明日の朝のパンを買うけど、いる？」

と、茜さんに聞いた。

「私はいい。あっ、そうだ、昼ごはんにしよう。ロールパンかクロワッサン買って来て」

「分かった。じゃあ行ってくる」

任務を背負って工藤君は出かけた　駅前のコミュニティーセンターの二階にある図書館で本の続きを探したけれど、誰かが借りているようで見つからなかった。ここの図書館は分館で、蔵書数はとても少ない。でも、頼んでおけば本を取り寄せてくれるので、カウンターでお願いして、今日は別の小説を借りることにした。

あちこち見て回っていると、壁際に置いてある椅子が全て埋まっているのに気が付いた。座って新聞を読んだり、本や雑誌を広げたりしている。中には小説を手に居眠りしている人もいる。座っているのは男の年寄りばかりである。散歩は楽しいけれど、暑い日や寒い日、雨の日もある。そんな日はどうしようかと思っていたけれど、この私鉄の急行も止まらない駅前には喫茶店どころかスタバもない。やっぱり図書館で本でも読むのが正解なんだろうけど、あの人達の仲間入りをして？　自分もその一員になって座っている姿が工藤君の目に浮かんだ。なんかそれは侘しいなあ、と工藤君はため息をついた。

今読んでいる本と同じ作家の文庫本を上下巻二冊借りて図書館を出ると、外は明るくなっていた。空を見上げると、まだ灰色の雲が空の半分近くを占めてはいたけれど、一部に白い雲がふわふわと浮いて来ていて、その隙間から青空がのぞいていた。

「そうだ、少し回り道して、久保川沿いを行くか。雨が上がったから鴨がいるかもしれないな」

工藤君は買ったパンをぶら下げて、久保川に向かった。幅の小さい久保川には上流からの堆積物でできた草の繁った小さい中洲があちこちにある。そんな中洲の上に鴨が二羽並んで羽を休めていた。やわらかそうな雑草の上は気持ちいいだろうなあと、しばらく見ていると、一羽が水の中に入って行った。もう一羽は気が付かないのか動かない。一緒に行かないのかと、残念に思いながら川に沿って歩いて行くと、いつの間にかさっきの鴨が二羽揃って下流に向かって泳いでいる。本当は仲いいんだな、なんて工藤君は思って少し楽しくなった。空の青い部分が増えてきている。家に帰りつくころには日が差しているような気がした。「そうだ、きっと晴れてる」と、工藤君はつぶやいて家路を急いだ。


「ただいまー」

と、工藤君が元気に玄関を開けると、それに劣らない元気な声が返って来た。

「おかえりなさい。晴れて良かったね。珈琲飲む？　丁度入れようと思ったところ」

「ああ、いいね。焼きたてのアンパンがあったからそれも買って来たよ」

「アンパン？　昨日はケーキだったよね。甘い物好きねえ」

「ああ、いい匂いでさ、ついでに買ってしまったんだ」

「じゃあ、手を洗ってらっしゃいね」

工藤君は、「俺は子どもじゃないぞ」と、ぼそぼそ言いながら、それでも急いで上着を脱いで、洗面所に向かった。

心の中にひとしずくの幸せ

汗びっしょりになって工藤君は目覚めた。目覚まし時計を見ると、針は四時二十分をさしている。暑くて寝ていられないと、工藤君は部屋のドアを開けた。そして次に窓を開けると、すうっと外の空気が流れ込んできた。風は気持ちいいけれど、涼しさは感じられない。「それはそうだ、八月だからな。でも朝から暑いのはまいるなあ」と、工藤君はパジャマを脱いで、Tシャツを着ながら窓の外を眺めた。二階のベランダからネットを張って窓の外に作っている朝顔が青、赤、茶色に白と、全部で百個以上の花が開いている。朝顔は早起きだなあと感心してよく見ると、葉はくたっとして元気がない。朝顔はプランターに植えているので、工藤君は朝だけでなく、夕方も水撒きしているのに。庭木の葉も元気がないように見える。

トイレに行くために部屋を出て、隣の部屋を見ると、ドアは閉まったままだ。茜さんが寝ているんじゃあ水撒きは無理だ。うるさいって怒られてしまう。そう思って工藤君は音を立てないようにそっと通って、自分の部屋でメールチェックをすることにした。

パソコンを立ち上げると、広告メールの中に、高校時代のクラスメートの名前があった。一週間前の日付だ。クラス会旅行を、十一月五日から二泊三日で北陸方面で行うので、まだ三か月先だが、宿の都合があるから出欠だけ知らせて欲しいとある。

「もうクラス会の年かあ。三年たったのか、早いなあ」

こういう時に何も予定がないのはありがたい、そう思ったけれど、それも寂しい。そうだ、茜さんの都合を聞いておくか。他に必要なメールが何もないので、工藤君はパソコンを閉じて、ベッドに横たわった。三年前のクラス会は箱根に泊ってから沼津に出たんだった。楽しかったなあ、とニヤニヤしながら思い出しているうちにまた眠ってしまった。


二度寝から六時に目覚めて、歯を磨いていると、リビングから茜さんの声がした。

「あら、自殺しちゃったわ」

「うん?」

慌ててロをゆすいで行くと、

「枯れちゃってるのよ。暑さに絶望したのかしら」

茜さんはリビングの隅の観葉植物の前で腕組みをしている。

「枯れた？　まだ葉っぱが付いてるよ」

「パラパラよ、しかも黄色くなってるじゃない」

そう言うと、幹を片手で持って軽く引っ張った。あっと思う間に、植木鉢から抜けてしまった。

「ほらね。根がこんなに短くなってる。この隅っこに置いたのが良くなかったのかなあ。工藤君、ちゃんと水あげていた？」

「おう。毎日、朝晩いっぱい遣っているよ」

「朝晩？　いっぱい？　だから根腐れしちゃったんじゃないかな。室内の観葉植物は、水をたくさんあげればいいってもんじゃないわよ」

「俺のせいなのか？」

「そうよ。謝りなさいね」

「何で謝るんだよ」

「だって、自殺じゃなくて殺人、殺木よ。このパキラちゃんに謝ってよ」

なんだか腑に落ちないけど、暑いから機嫌が悪いんだろうと、

「ごめんなさい」

そう謝って、新聞紙を取って来て、引き抜かれたパキラをくるんで「君子危うきに近寄らず」と呟きながら庭に出た。朝顔にたっぷり水を遣って、室内の鉢植えの水遣りは今日は止めておくことにした。

少しでも暑くないうちにと、工藤君は朝飯もそこそこに七時に散歩に出かけた。そして、大汗をかきながら家に帰りついて、冷たい麦茶を飲もうと冷蔵庫を開けたとたんに電話が鳴った。茜さんは午前中はどこかに行くって言ってたなと、麦茶を飲みながら受話器を取った。

――おい、何処に行ってるんだよ。ちっとも電話に出ないで。

受話器で男の怒鳴り声がした。新手のオレオレ詐欺だろうかと、警戒して、

「どちら様ですか」

――どちら様じゃない。木下だよ。工藤だろ？　メール、また見てないんだろ。一週間も前にみんなに送って、返事ないのはお前だけなんだぞ。

高校のクラス会幹事の木下か。そうだった、茜さんに聞くのを忘れていた。

「悪い、悪い。用がないからめったにパソコンを開けないから。今朝見たけど、まだ女房に予定聞いてないんだ。今出かけてるから、帰ってきたら聞いてみるよ」

――そうだろうと思って電話したんだよ。昨日も電話してるのに、いつも居ない。お前、暇

ぞ。

だ。あと、中川が癌になって闘病中でまだ参加できるか分からないって言って来た。


な隠居じゃなかったのか？

「散歩だよ。夜なら居るのに」

――そうかあ？　まあいい、今日中に連絡くれよな。十一月の北陸は宿取るのが大変なんだ
「ああ、そうする。みんな行くのか？」

――今のところ、旦那の介護してる三浦さんと、腰が悪化して動けなくなった山本が不参加
「中川が？　三年前は元気だったよなあ」

工藤君が驚いて聞き返すと、

――ああ、良く飲んで、良くくっちゃべってたよ。飲みすぎたんだろうかなあ。

「どこの癌？」

――肺癌って言っていた。

「酒が関係あるのか？」

――何だって飲みすぎは駄目なんだよ。工藤は元気か。

「ああ、元気だ。クラス会もたぶん大丈夫だと思う。今日中に聞いてメールするよ」

――分かった。お前の分も人数入れておくからな。これからは色々連絡するからメール位見

ろよ。ボケるぞ。

木下は言いたい事だけ言って電話を切ってしまった。


シャワーを浴びて、昼飯は何にしようかと冷蔵庫を開けて、考えている所に、茜さんがバイオリンのレッスンから戻ってきた。

「暑いわねえ。麦茶くれる？」

茜さんは立ったまま、工藤君が差し出した麦茶をおいしそうに飲んで、

「そうそう、ほら役所から手紙が届いていたわよ」

そう言うと、ぶ厚い封筒を工藤君に渡した。それを開けて、工藤君は、

「お義父さんの結婚前の戸籍が届いたんだよ。戦後に法律が変わったから、古い戸籍もいっぱい入っている」

工藤君は戸籍の書類を持って椅子に座って、さっと見て「これは何だろう」と、呟いた。テーブルに全部広げて再度見直したけど、やっぱり間違いない。

深刻な顔をして工藤君が広げた戸籍を睨んでいるので、茜さんが、

「何？　何が書いてあるの？　何か問題ありそう？」

と、覗き込んだ。

「古い戸籍に女の子の名前が書いてあって、父親はお義父さんみたいなんだ」

「えっ、女の子？　父さんが不倫したの？」

「たぶん違うよ。ほら、昭和十九年生まれってなっている」

工藤君の手から戸籍を取り上げて、

「本当だ。父さんの名前書いてある。何？　私達のお姉さんってこと？　母親は誰なのだろう。私の両親は戦後にお見合いで結婚したって聞いてるわ。だから他の人よね」

「母親の名前って何処に書いてあるんだろう。崩した字で書いてあるから、良く分からないな。もっと前の戸籍にあるのかなあ」

「父さんは、母さんと結婚する前に、結婚してたのかしら」

「そうかもしれないね。こっちの戸籍見ると、お姉さんは結婚しているよ。茜さんより十歳年上だから、今七十五歳か」

「お姉さんなんて言わないでよ。ねえ、父さんが二十歳《はたち》の時の子ってことだよね」

「ご両親から何か聞いてないか？」

「何も。母さんもおばあちゃんも何も言ってなかったし。兄さんも知らなかったんじゃないかな。ああそうか、これだね、兄さんが家に来た時に隠していたのは」

「そうだね。この前家に来た時、何か変だったから、多分調べて知っていたと思うよ。この女の人にも相続権があるから」

工藤君がまだ話しているのに、茜さんは立ち上がって電話に向かった。

「冗談じゃない。黙ってたのよね。黙って私だけに辞退させようとしてたのよね」

そう言って、受話器を取って電話しようとするのを工藤君は押しとどめた。

「ちょっと待ってくれよ。古い戸籍だからよく分からない所が多いから、読み間違いかもしれない。明日、市役所に行って聞いてみるよ。それからのほうがいい」

「明日は土曜日よ。来週、私も一緒に行くわ。ちゃんと聞いておきたいから」

そう言いながら茜さんは受話器を戻して、

「でも、これはもう許せない。絶対隠してたんだわ。バカにして。辞退なんかしてやらない」

「その人が生きてるかも分からないから、まずは全部ちゃんと調べよう」

「分かった。それからじっくり作戦立てて兄さんをやっつけてやる」

茜さんはうんうんと頷きながら言った。


昼飯を食べ終わったところで、工藤君は思い出した。

「そうだ、クラス会の連絡があったんだけど、十一月五日から三日間、何か用事あったっけ？」

「今のところ何もないわ。秋には花音ちゃんの運動会とか、発表会とかあるけど、まだ日にち聞いてないわ」

孫の学校行事ならパスしてもいいだろうと、

「じゃあ、出席にしておこう。とりあえずでいいらしいから」

「三年に一度だっけ？　もう？」

「そうなんだ。早いよな。今年は北陸の温泉に泊って東尋坊とか永平寺とかに行く予定だってさ」

「わあ、蟹の季節ね。蟹買って来てよ」

「腐っちゃうよ」

「宅急便で送ればいいでしょ。楽しみにしてるわね」

退職して小遣いが無くなった工藤君は、

「でも、高いだろうな。一寸無理だよ」

「お土産に買ってくれてもいいじゃない。あなた一人で食べるなんてずるい」

「馬鹿言え。そんなお金ないよ。あれば買ってきて茜さんと一緒に食べたいよ」

「えー、お金ないの？」

茜さんはシラーっと言った。

「小遣いを貰ってないんだよ。ある訳ないだろう」

工藤君が憤慨して言うのに、

「へそくりあるんじゃないの？　仕事してる時、随分小遣いにしてたでしょ」

へそくりではないけれど、使わないで内緒で貯めておいたお金は少しある。でもこれが無くなったら、本も買えなくなってしまう。今後、妻には言えない使い道だってあるかもしれないのに。

「仕事の付き合いの必要経費だと言っただろう。へそくりなんかできるもんか。自分がへそくりしているから人を疑うんだろ」

言い出して工藤君は気が付いた。これはたぶん本当だな、茜さんはへそくりしてるに違いない。

「君こそ自分のお金、隠してるんじゃないのか。パートの給料はどうしているんだ」

「あら、それは私の小遣いよ。前に約束したでしょ。子どもの塾代やら、教育や結婚費用やらが終わって、子どもが結婚した後は私の小遣いにしていいって言ったじゃない」

五十歳を過ぎて、工藤君は役付き手当を部下や同僚との付き合いのため手当だからという理由で自分の物にすることにした。いちいち「金くれ」なんて言うのは面倒だという理由も付けて。その時に、自分の金を確保するために、パート代は茜さんの好きにしていいと言ったのだった。

「あなたにちゃんと言ったわよね、お金貯めていいバイオリンを買うって。でも、花音が生まれて、拓弥もできて、出産や七五三や入学なんかあったじゃない。私も自分の洋服買ったり、習い事の月謝やなんやかんやで、なかなか貯まらないのよ」

茜さんは堂々と威張って言った。それで、この際、工藤君も主張することにした。

「俺は、小遣いないんだぞ。へそくり出来る訳がない。小遣い制にしてもらいたいもんだ」

「ええ？　小遣い、いるの？　必要なお金は家計から出しているじゃない。付き合い酒も昼飯代もいらなくなったでしょ。他に何に使うの？　散歩してるだけじゃない。だったら仕事探してみれば？　高幡不動に高齢者専用のハローワークがあるってよ」

話がどうしてここに来るのか、いつもながら工藤君には分からない。

「俺はやっと隠居生活になったんだ。働く気はないっていつも言ってるだろ。本一つ買うにもいちいち金くれって言うのは面倒なんだよ」

面倒というより、いちいち申告するのでは自由がないのだ。

「まあ、そうよね、全然ないんじゃ困るわね。一万円ぐらい定額にする？」

「えーっ、一万円？　それってあんまりだよ。せめて三万円にしてくれよ」

「あなたの年金、いくらだと思ってるの？　でも、そうね、一万円じゃあ少ないか。じゃあ、二万円」

「いいよ、それで。月初めに二万円もらっておくか。後は必要な時に家計から貰う事にして」

「じゃあ、蟹ね。忘れないでね」

「分かった。家計から余分に貰って行くよ」


そう言えば、前のクラス会のお土産に買った鯵の干物はどうなったんだっけと、工藤君は思い出した。あの時も、茜さんにしつこく「たまには何か買って来て」と言われたので買ってきたのだ。

「三年前に沼津で買って来た鯵の干物、俺食べてなかったな」

「今頃何言ってるの。毎日遅いから、食べる時なかったんじゃないの。私は一枚食べて、後は悪くなるから桜子にあげたって言ったでしょ」

そんなはずはない。孫二人を連れて泊まりに来た桜子に、

「味はどうだった？　新鮮な真鯵だから、肴臭くなかったろう？　拓弥も食べられただろう？」

と、聞いたら、

「何のこと？　鯵の干物なんて貰ってないわよ。パパは今までお土産なんて買ってきたことなんてなかったじゃない。ママがいつも言ってるわよ。冷たいって」

あの鯵はどうしたんだろうか。言わないのは怪しい。茜さんは誰と食べたんだろう。いや、余って捨てたのか、それならそう言えばいいのに。誰かにやったのかなあ。

「いいなあ、高校のクラス会、楽しそうね。女性もいっぱいいるんでしょ」

実は工藤君は五十代の時に寄り道をしてしまった事があった。その時はしらを切り通したけれど、信じない茜さんとの修羅場になって、誓約書まで書かされた。茜さんはこうやって時々、信じてないよと、突きつけてくるような気がする。

「馬鹿言え、婆さんばかりだよ」

「何むきになってるの？」

茜さんはからかうように言ったけれど、やっぱり、茜さんはクラス会を疑っていたんだと、今更ながら工藤君は「やばかった。お土産買って来てよかった」と思った。

工藤君がソファに座って送られて来た戸籍一式を睨んでいると、頭にターバンの様にタオルを巻いて風呂から出てきた茜さんが、

「また見てるの？」と、隣に座った。「まったく、あの謹厳実直な父さんが隠し子なんてねえ」

「戸籍にあるんだから隠し子とは言わないんじゃないか」

「それでも私達にとっては隠し子よ。男ってどうしようもないわね」

工藤君は、話の流れが自分のほうに来ないようにと、

「でもさ、古い戸籍で書いてある言葉がよく分からないから、お義父さんの子かは分からないよ。まあ今の戸籍も分かりにくいけど」

「ああ、びっくりして疲れちゃったわ。そうね、火曜日に市役所に行こうか」

「そうだね、今日は何やら忙しかったなあ」

でも、小遣いが復活したぞ、と工藤君がにやにやしていると、古い戸籍を手にして、

「この寅太郎って誰だろう。おじいちゃんの弟かな。でも弟が太郎って変だよね」

なんて言っていた茜さんは、いつの間にか、工藤君の肩に持たれてうたたねをしてしまった。

茜さんの熱い体温を感じていると、この時間が長く続けばいい、ずっとこうしていられたら自分の人生はいい人生だったと、死んでいけるだろうなと、ふっと工藤君は思った。その日まで、こうして暮らしていければいい。もう寄り道はしない。たぶんしない。俺はそう思っているんだよ。ね、茜さん、分かっているんだろう？

工藤君は隣で眠ってしまった茜さんにそっと囁きかけて目を閉じた。茜さんが、

「ぐぅー、ぅぅー」

と、いびきで返事をした時には、工藤君も規則正しい寝息を立てていた。

今以上、これ以上

ソファに座って新聞を読んでいたら、いつの間にか寝てしまっていたらしく、工藤君がはっと気が付いた時にはもう三時をまわっていた。今日は茜さんは〝何とか体験〟だとかで、午後から駅前のコミュニティーセンターに出かけているので、ついのんびりしてしまった。そろそろ帰って来るから、その時に寝ていたのでは何か言われそうだ。まったく面倒だなあと、工藤君は起き上がった。

今朝のこともそうだ。歯ブラシの先がばさばさしているのに気がついて、ソファに足を投げ出して新聞を読んでいる茜さんに、

「歯ブラシがちびてるぞ」

とわざわざ教えに行ったのだった。ところが、茜さんは新聞から目も上げないで、冷たい言

葉で返してきた。

「″オーイ″って呼べば歯ブラシが自分でやってくるとでも思ってるの?」

何を言われているのか工藤君には理解出来なかった。工藤君が茜さんに伝えたのは親切心なのに。

「何言ってるんだ。自分で来るわけがないから、教えてやってるんだよ」

「教えてくれなくてもいいわよ。自分で出来るでしょ」

「歯ブラシの場所なんて知らないぞ」

「威張って言う? まったく」

茜さんは、新聞を脇に投げて、よっこらしょとでも言いそうなのろのろした動きで立ち上がって、洗面所に入って行くので工藤君は付いて行った。

「ほら、ここに、歯ブラシや歯磨き粉、洗剤なんかの在庫が置いてあるわよ。ずっとここにあるのに知らなかったの?」

「茜さんのテリトリーは漁らないことにしてたから」

「仕事辞めたんだから、家の事はする約束でしょ」

「へそくりがあるといけないかと……」

これは藪蛇だった。

「へー、ご親切なことで。じゃあさ、私がへそくりしてると思ってるんだ」

「思ってはいないけれど、まあ普通はしてるんじゃないの？」

「という事は、工藤君はへそくりしているんだね。どこに隠してるの？」

茜さんはニヤッと笑ったようだった。

「二万円の小遣いで、へそくりしたって、たかが知れているだろ。隠すほどへそくりできる訳ないじゃないか。何言ってるんだ」

慌てて逃げ出そうとした工藤君に、背後から声がかかった。

「歯ブラシ、私のも一緒に取り換えといてよね」

それで結局、工藤君は二人分の歯ブラシを新しくするはめになってしまったのだ。


工藤君の家の二階の本棚には、現役中に読もうと思って買っては〝積ん読〟にしてしまった本が結構ある。茜さんは「もったいない」なんて言っていたけれど、茜さんもその本を読んでいたのだから、無駄にはなってないはずだと工藤君は思っている。隠居生活になったので、貯めた本を読もうと思っているのだけれど、活字が小さくて読みにくくてなかなか進まない。しかも、読みだしても少しも面白くない小説や、何で買ったのか分からない新書本が結構ある。整理してしまいたいけれど、「老後に読むんだ」と茜さんに宣言していた手前、目を通してからでないと処分できないのだ。工藤君は未読の本の中から読めそうな本を探しに二階に上がっていった。

並んでいる本の背表紙を眺めた挙句、やっと一冊の本を取り出した。当時ベストセラーになっていたから買ってみたけど、妻の浮気話で嫌になってしまった『マディソン郡の橋』だ。手に取ってから、そう言えば茜さんが感動して泣いていたっけと、思い出した。工藤君は何で茜さんは泣いたのだろうと、じっと本を見つめてしまった。

分からないから読んでみるかと決めて、本を手に階段を下りていくと、玄関のほうから花の匂いがした。いつの間にか茜さんが帰って来ているようだ。いい匂いだなと、階段を降り切って玄関を見ると、低い靴箱の上に薔薇らしい花がびっしりと入っている籠が置いてあった。よく見ると、茎がない。

「何だ、これ。首切りか」

ここにはまだ自然があるんだから、変な物を活けないほうがいいのにと、工藤君はぶつぶつ言いながら、リビングへのドアを見つめた。このドアを開けると、首を切った花が押し寄せてくるんじゃないだろうか。そう思っておそるおそるドアを開けたが、中に花はなかった。花のかわりに茜さんが笑っていた。

「そう言うと思った。フラワーアレンジメントって、こういう物だったのよ」

そうか、この体験だったのか。

「可哀そうじゃないか、首切ってどこがいいんだ」

「綺麗じゃないの。芸術が分からない人ね、まったく」

「首切りのどこが芸術だって？」

茜さんは工藤君の手にしている本を見て、また笑いだした。

「何よ、そんなもの読むの？　だから芸術音痴なのよ」

「そんなものって？　泣きながら読んでたのは誰だよ」

「ああ、そうだったわね。工藤君は『忙しい、忙しい』と家では寝るだけで、桜子と二人で泣き暮らしてた頃に読んだのだったわ。それで感情移入したんだわ。読んでみるといいわ、その頃の私の気持ちが分かるから」

茜さんが泣いたのは、好きな人がいたためじゃなさそうだと、工藤君が安心していると、

「これは女の浮気の話だけど、工藤君、忙しいって帰ってこなかった事あったわよね。あの頃も浮気していたの？」

「何を言ってるんだ。浮気してる暇なんかなかった」

ちょっと焦って、ぶっきらぼうに答えて、

「それで、フラワー何とかに通うのか？」

「うーん、まあ、私もちょっとこれはね。お花代とかあるから受講料が結構かかるしね。そこまでして習わなくてもいいかなって思ってたとこ」

首だけの花が家中にある様子を想像していた工藤君は、ほっとして、

「良かった」

「そう？　でもね、本当にあの頃の工藤君、なんか変だったよ。桜子が小さかったから見て見ぬふりしてたから、私、余計辛かったんだわ。あの時、庭中の花の首を切ってやればよかった。工藤君の代わりに」

これ以上そばにいると自分も首を切られそうだと、

「馬鹿な事ばかり言うんじゃないよ、この頃もあの頃もないよ、まったく。さて、これやめて他の本にしようかな」

なんて言いながら工藤君は逃げるように二階に戻って行った。

背中を壁に着けて畳に座り、『マディソン郡の橋』を開いて読みだした。しばらく読んでいたのだけれど、さきほどの茜さんの追及から思い出した五十代のあれこれが工藤君の中から立ち上がってきて、落ち着かなくなってきた。

俺は本気だったんだぞ。でも、思い詰めた顔をした茜さんに「浮気してるでしょ。だったら、私、一緒にいたくない。離婚して」と突然言い出されて、すったもんだしたけれど、結局俺はここにいるんじゃないか。それを何だ、自分だけ被害者の顔をして。パラパラと頁をめくると、案の定、最後は別れる話だった。

やっぱり他の本を探そうと本棚を眺めても、読みたい本が見つからなくて、背伸びしてから眼を窓の外にやった。誰も通らない道路を眺めていると、雀が一羽飛んできて、目の前の電線に止まった。続いてまた二羽飛んできて、先の雀に並んで止まった。

「おっ、雀三兄弟か」

昔、娘の桜子が歌っていたのを思い出して工藤君は口に出して呟いた。ところが、電線の雀はどんどん増えて、いつの間にか二十羽以上になってしまった。雀軍団だ。その軍団が道路に屋根にと移動していく様をぼんやりと眺めていた工藤君は、家に雀が飛び込んできた時の事を思い出した。

桜子が小さかった時に、工藤君たちは団地の三階に住んでいた。その団地のキッチンの窓から子雀が数羽飛び込んで来たのだ。工藤君の作ったチャーハンを桜子と二人で食べていた時の事だった。小雀達はフライパンに残ったご飯粒をついばんでいた。桜子が見つけて声を上げたら、雀は慌てて室内に入ってしまったのだ。雀を逃がそうと開けたベランダに追い払っても、外に出ないで部屋中をばたばたと飛んで窓ガラスに当たったりしていた。あの後、どうやって雀を逃がしたんだっけ。いや、それよりどうして、昼ごはんを二人で食べていたのだろうか。茜さんは何をしていたんだろう。思い出せない。

トントンと階段を上がって来る足音が聞こえた。茜さんだ。

「ここだったの？」

「見てみろよ。雀がいっぱいいるんだよ」

「どこ？」

「ほら」

工藤君が指さした先にはもう雀はいなかった。

「あーあ、茜さんのせいで逃げてっちゃった」

「私が何？」

「何でもない。昔、雀がフライパンのチャーハンを食べてた事を思い出したんだよ」

「ああ、そんな話、桜子に聞いたことがあったわ。母が旅立った時よね。桜子にね、お祖母ちゃんはお空に行ったのよって話したら、じゃあ雀さんがおばあちゃんを連れて行っちゃったんだって」

「そうか……」

ああそうだった。茜さんの母親が入院していた時だ。胃癌が見つかって二回手術したけれど、結局駄目だったのだ。確かまだ五十代の初めだった。茜さんは、二度目の入院の時はほとんど毎日通っていた。だから、桜子が幼稚園に行かない日曜日は工藤君が子守りをしていたのだった。二人はしばらく黙って、下の道を見下ろしていた。

「ほら、雀が」

茜さんが、前の家の屋根を指さした。赤い屋根の瓦にずらっと一列に並んでいる。

「雀三兄弟だ」

「十羽はいるわよ。そうか、桜子が幼稚園で習って来たあの歌ね」

歌詞は忘れたなんて言いたくないから、工藤君は、

「十羽かな」と言って数えようとしたけれど、雀は飛び立ってしまった。

「あの頃は工藤君、ちゃんと家にいたのよね」

それから忙しくなって休日出勤が当たり前、たまの休みは寝てばかりだった。だから、今はゆっくりしたいんだ、と言いたいけど、それどころではない。やばい、また茜さんが蒸し返しそうだ。

「今度チャーハン作ってみようかな」

工藤君が慌てて言うと、

「桜子が、パパのチャーハン美味しいって言ってたわ。余ったご飯が冷凍庫に溜まってるから、今度お願いしようかな」

「じゃあ、今日の夕飯に作ろうか。久しぶりだな。卵あるよな。それと焼き豚にネギに」

工藤君が言い出すと、

「焼き豚はないけど、ハムがあるわ。自分で冷蔵庫調べなさいよ」

「うん、ある物で作ろう」

工藤君は『マディソン郡の橋』を本棚に戻して、ちょっといそいそしながら、

「そうだ、後で雀にご飯粒でもあげて見ようか」

「馬鹿ね」

良かった、茜さんは機嫌が直ったなと、工藤君は茜さんと一緒に階段を下りてダイニングキッチンに向かった。

「あれ？　茜さん、何か用があったんじゃないの？」

冷蔵庫を開けながら、工藤君が思い出して聞くと、茜さんはああ、という顔をして、

「そうそう、兄さんから電話があったのよ。来週の土曜日に横浜の実家で正雄と三人で会おうって。行くって返事したけど、工藤君、用事ないよね」

茜さんの父親の遺産相続の話し合いの日取りがやっと決まったようだ。茜さんの追及はこれで自分には向いてこないなと、ほっとして返事をした。

「用はないよ。一緒に行こう」

そう言ってから、

「あのさ、前から思ってたんだけど、お義父さんのお葬式、家族葬だっけ。よかったよね。兄弟三人に圭子さんと俺と孫達だけで。思い出話をしながら心込めて送ったよね」

「そうだったわね。父さんの好きだった歌を歌ってね」

「あの時、うちのお袋の葬儀もこういった形がいいなって思ったんだ。俺の時も家族葬でいいからな。会社には連絡しないでいい」

「いいよ、そうしよう」

「でも、その時は俺のお袋も姉貴も死んでるだろうし、茜さんと娘の桜子夫婦と孫二人だけかあ。なんとも寂しいなあ」

「大丈夫。私が心込めて送ってあげるから。でも、私の時はもっと少ないか。父さんの相続がこの様子じゃあ、兄弟は来てくれないかもね」

二人は声を合わせて笑ってしまったけれど、

「葬式の時のように兄弟仲良くなれないのかな。お金があるのって面倒だね」

「ホント、たいしてないのにね。お金でもめるのって嫌ね。我が家は財産はないし、子どもも桜子一人だから大丈夫ね」

茜さんはそう言うけれど、

「孫の代になっていたら分からないよ。俺たちで使い切って何も残さないのが一番じゃないかな」

「うん、そうね。将来は、家を売って老人ホームに入ろうか。その資金にしてもいいな」

「それまでは、あちこち旅行しようか。良い車買ってさ」

「車はイヤよ。工藤君の運転だと、怖くて楽しめない。海外旅行がいいな。行ってみたい国、いっぱいあるわ。まず、スイスなんかどう？」

「飛行機は駄目だよ。俺、耳が痛くなるって言ったじゃないか。仕事の時は我慢してたけど、もう乗りたくない」

「えー。じゃあ、別々に行けばいいわね。一人旅もいいし、友達と行った方が工藤君と一緒より楽しいかも」

確かに、隣でずっと注意されているより、一人で日本中旅したほうが楽しいかなと、

「そうだね。旅先からメールして写真とか送ったり。それで家でたまに会うと、ときめいたりしてね。楽しそうだな」

「何、馬鹿な妄想してるのよ、もう分かっていると思うけど、老人ホームは別々の部屋よ」

ただ風が吹いているだけ

今日は九時に出かけるので、工藤君はパジャマのままで、ダイニングに出て来た。チーズを載せたパンを焼いて、はちみつをかけてのんびりと食べていると、まだ七時だというのに、茜さんがもう外出姿でシリアルの入ったお皿を持って工藤君の前に座った。先週新宿で買ったモスグリーンの半袖のワンピースに、同じ生地の長袖の上着を着ている。

「いやに気合が入っているな」と、工藤君は、これは自分もスーツにしないといけないかなあ、とちょっと憂鬱になった。今日は横浜の茜さんの兄さんの家に一緒に行く事になっているのだ。

「まだパジャマ?」

「九時の出発だよね。今から着替えたんじゃ早すぎるんじゃないか」

「落ち着かないのよ」

「大丈夫だよ。うちに来た時にお義兄さんにちゃんと言ったろ。全部書類を揃えてくれてるよ」

工藤君が請け負ったけれど、

「そんなの、あの兄さんじゃあ分からないわよ」

「お義父さんの財産は分からないけど、こっちだって戸籍調べたり、色々本読んだりしたんだから。それより、ちゃんと朝飯食べたほうがいいよ。お腹空いてるから不安になるんだよ、きっと」

「そうだよね。うん、分かった」

茜さんはそう言うと、牛乳をかけたシリアルの上に工藤君の前に置いてあったはちみつを取って絞りだした。

「夕方から雨が降りそうだから車出そうか」

口にパンをいれたまま、もぐもぐと提案すると、

「うーん。その方が楽だけど、どうしようかな」

と、言って少し考えてから、

「安全運転してね。もう高齢ドライバーなんだから」

分かってるよ、毎回うるさいなと、工藤君が、

「はいはい」と答えると、

「だったら、車で行くことにする。じゃあ、まだ早いからそれまでバイオリンでも練習しているわ」

「珈琲飲まない？　それとも紅茶入れる？」

工藤君が聞いた時には、茜さんはさっさと朝食を食べ終えて、自分の部屋に向かっていた。

茜さんは、車が走り出すとすぐ、

「この前兄貴が来た時は工藤君のおかげで、私だけ相続放棄することにならないで、本当に助かったけど、今日は口出さないでね。これは私の家の事なんだから」

「分かった。黙ってる」

「客観的に見ててよ。そうね、流れがおかしくなったら、修正して」

「合図でもする？」

「そこは口でストップかけてよ」

「つまり？　口出しではなくて？」

「そう、客観的に冷静に話の方向を修正して欲しい。または法律的な事の助言」

そこまで言って、

「わっ、子ども」と叫んだので、工藤君は驚いて思わずハンドルを握りしめて、左右を見回した。子どもは見当たらない。

「どこ?」と、聞くと、

「左側を子どもが歩いてたわよ。工藤君、左に寄りすぎ」

「あー、怖かった。急に叫ばれると、危ないよ」

「危ないから叫ぶんじゃない。左側、もっと空けてよね」

「この細い道でそんなに左側を空けると、車が真ん中に出てしまって危ないんだよ」

運転中に心を騒がせたくない工藤君はスピードを落とした。今日は抜け道を諦めて早く幹線道路に出ようと思いながら、ゆっくり進んでいった。

「でね、兄さんたちが勝手な事言っても、喧嘩は私がするから」

そうか、茜さんの気合の入った格好は戦闘服か、と納得していると、

「ねえ、聞いてる?」

「聞いてるよ。つまり、俺は筋道の運転手として控えてればいいんだろ」

「運転手?　工藤君の運転は心配だけど、でも、そうね。それでお願いするわ。だいたい、兄貴も正雄も私を無視して絶対二人で勝手に取り決めしてるに違いないんだから。私だって父さんの子どもなのに。昔からそうなのよ。何かあると二人で結託して」

茜さんはそう言いながら、前を指さして、

「ほら、横断歩道、お婆さんが渡ろうとしてるわよ」

「分かってるよ、大丈夫」

「工藤君はブレーキ遅いから心配なのよ」

相続についてナーバスになっているのは分かるけど、話し合いに行く前からこれでは心配だなと思っているうちに大通りの交差点に出て、工藤君はちょっとほっとした。助手席からあまり色々言われるので、慎重に運転しようとしていたら、茜さんが叫んだ。

「ああ、今出られたじゃないの。何でもたもたしてるのよ」

「信号、黄色になってたじゃないか。安全運転してるんだぞ」

「何が安全よ、タイミングがつかめないの？」

この四月から施設に入っている工藤君の母親に会いに一緒に行った時も、茜さんはずーっと隣で叫び続けて、帰りは「工藤君の隣は疲れるからもう乗らない」と言って後部座席に移ってしまった。その事を思い出して、

「うるさいな。そんなに気になるなら、後ろに乗れば良かったんだよ」

「だって、隣でちゃんと見て教えてあげないと、事故起こしたら大変だもの。工藤君のために横に乗っているのよ」

「車を運転すると人格変わるってよく言うけど、助手席に乗っても同じだな」

もう二度と茜さんを乗せて長距離運転はしないと工藤君は心で決めて呟いた。

「何か言った？」

「いや。今日の話し合いは穏やかに行くといいなと思ってさ」

「兄さんと正雄の出方次第ね」

それで、工藤君は親切な茜さんの助言を受けながら、無事に安全運転をして、茜さんの実家のそばにある時間貸し駐車場にたどりついた。


横浜と言っても、町田に近いこの辺りはまだ畑が残っている。秀一さんの家は雑木林に囲まれた広い庭のある日本家屋で、周囲の田園風景に溶け込んでいた。十年前の改築で、茜さんの育った家ではなくなってしまったが、それでも茜さんはここに来ると昔の面影を感じてほっとする。

玄関を入ると、弟の正雄君が先に来ているらしく、大きなスニーカーがピカピカ光っていて、居間から楽しそうな笑い声が聞こえて来た。正雄君は、

「やあ姉貴、久しぶり。お義兄さんも相変わらず若いですね。僕なんて、毛がだいぶ薄くなってきちゃいましたよ」

自分の頭を手で叩きながら、

「うちの遺伝かもしれませんね。兄貴もすっかり禿げ上がっているもんな」

と、秀一さんの頭を遠慮なく指さした。頭だけでなく、でっぷり太っているのも兄弟そっくりである。工藤君の頭はまだまだ真っ黒な毛がふさふさしているけれど、

「いやあ、僕も少し薄くなってきたんですよ」

一応そう言ってみた後で、嫌みに聞こえたかなと少し反省して茜さんを見ると、にやにや笑っている。

後から来た二人分のお茶を秀一さんの妻の圭子さんが運んできたところで、全員がテーブルについた。

「電話で少し話をしたけれど、税理士事務所にお願いして親父の遺産の一覧表を作って貰った。それと、戸籍を取り寄せて、相続人の確定もできたので、みんなに来てもらった」

秀一さんが、茜さんと正雄君の前に書類の束を置いて話を始めた。

「土地、建物に株、預金。評価額で計算してもらった金額が書いてある。それに、相続人だけど、親父がお袋と結婚する前に作った女の子がいたことが分かった」

正雄君が驚いて聞いた。

「何だって？　親父に俺たちの他に子どもがいたのか？　姉貴知っていた？」

「そんな話、聞いてなかったわ」

戸籍を取り寄せて知っていたのに、茜さんがサラっと言ったので工藤君は驚いたけれど、そうだ、親に聞いてなかったんだから嘘ではないと思い直した。

「戦争に行く前に生まれた子どもだから、お袋と一緒になる前の事だ。叔父さんに聞いてみたら、親父が戦争に行く前に祝言上げたって話を聞いた事があるって言っていた。すぐ戦争に行ったから、その相手は実家にいたままだったらしい」

「じゃあ、子どもの事は？」

茜さんが聞くと、

「それは聞いたことはないって言ってたよ。ほら、叔父さんは学徒出陣したから、詳しい事は分からないって。叔父さんが復員した時には、俺たちのお袋との結婚話が進んでいたってさ」

「昔は結婚してもすぐには籍入れない話って、よくあったらしいですよね。跡取りが三歳位まで育ってから母親と子供を入籍するとか。子どもの死亡率が高かったせいでしょうかねえ」

工藤君がつい口を出してしまったら、茜さんがすぐ睨んできた。

いけない、自分は運転手だと、工藤君が慌てて黙ると、秀一さんが、

「まあ、そうらしいですね。税理士さんもそんな事を言ってましたよ。それで、女の子だったから子どもを認知しただけで、母親は籍に入れなかったんじゃないかって」

「籍に入ってないなら関係ないんじゃないか」

　正雄君が言うのに、

「親父が父親だって戸籍に書いてあるんだよ。非嫡出子とか婚外子というらしい」

「コンガイシ？」

「結婚の外の子どもだよ」

「ああ、そうか。つまり、あれだね。俺たちの半分の金額を相続するってことか。どこに住んでいるんだ」

「もう亡くなっている」

「なんだ。じゃあ、関係ないじゃないか。ああ良かった」

　正雄君がホッとしたように言うと、

「税理士の話では、死んでいた場合はその子どもが相続できるという事だった。それで、調べて貰ったところ、子どもが二人いることが分かったんだ。それに、今は、婚外子でも二分の一じゃなくて全額貰えるようになったという話だよ」

「妾の子でも相続権は一緒っていう事よね。いつそんな法律になったのかしらね。とんでもない話だわ」

　圭子さんが言いだしたので、茜さんが、

「つまり、その会ったこともない姉という人は死んでいるけど、その子ども二人が相続できるっていう事ね」

「そういう事だな。ただ、その二人で親の分だから、半分ずつになる」

茜さんが、

「兄さん、聞き忘れてたけど、父さんは遺言状を書いてないのよね」

「ああ、遺言状はなかったよ」

秀一さんがはっきり答えたので、

「そうすると、遺産を四等分して子ども達で分けるということになるのね。子どもが死んでいれば、その分が孫に行くという事ね」

そう聞くと、じっと頭の中で計算した正雄君が、

「俺たちは四分の一ずつ、その子どもは八分の一ずつになるってことか。この評価額だと、俺の分は一千万いかないじゃないか。そいつらに四百万もやるのか」

「その二人分で約九百万円だよ」

「ああ、分かってるよ。冗談じゃない。そうだ、姉貴、金いらないって言ってたよな。姉貴の分を俺にくれよ」

「何言ってるのよ」

茜さんが声を荒げると、秀一さんは、

「ただそれは法律の事で、話し合いで決めればそれでいいとのことだ。それで、正雄、茜、この家は分割できないから、ここのままうちで相続させて欲しいと思っているんだ」

「そうですよ。ご両親の面倒は私が見て来たんですから」

圭子さんが夫の秀一さんに口添えして言い出すと、

「親父を施設に放り込んでおいて、面倒見ただなんて、どういうことなんだか」

正雄君がぶっきらぼうに言いだした。

「だいたい、義姉さんには相続……」

そこまで聞いていた工藤君は慌てて口を挟んだ。これ以上言わせてはいけない。

「義兄さん、まだ報告は終わっていないんですよね」

「ああ、そうだった。話がそれてしまったけれどその子どもは、男と女なんだけれど、二人とも相続をしたいと言っているんだ」

「貰えるもんなら貰っておこうってことだな、今まで何の音沙汰もなかったのに、意地汚いやつらだな」

正雄君が言うと、茜さんも、

「その甥と姪？　いくつぐらいなの？」

なかなか本筋には話がたどり着かないな、と工藤君は思った。でも秀一さんは本筋から逸れた質問には答えないで、

「まずこちらの三人の気持ちを固めたいと思ってね。それにはちゃんと会って話をした方がいいと思って今日集まって貰ったんだよ」

「僕は一円もやりたくない。子供だって言っても一緒に暮らした事もないんだろ。ましてその子供だよ。何の関係もないじゃないか」

正雄君が一番に言いだした。茜さんも続いて、

「私は、家を継ぐ兄貴のために遺産はいらないと思っていたんだけれど、正雄が貰って、しかも会ったこともない甥と姪まで遺産を貰うんじゃあ、私だけが辞退っておかしいと思うわ。でもね、この家と土地を残せるようにしたほうがいいと思う。ここは私の実家でもあるんだから」

「僕も正雄の言うように婚外子の子どもには、辞退してもらいたい。だけど、少しは金を渡さなきゃ納得しないだろうと思うんだよ。それに、均等に分けるには家を売らなければ無理だよ。だから、家の分を除外して現金を少しその子たちにやって、残りを正雄と茜で分けるのが一番いいと思うんだが」

秀一さんの希望は当たり前だなと工藤君は思った。すると、そこで圭子さんが言いだした。

「でも、そうするとうちは相続税が払えないじゃないですか」

正雄君が資産一覧表をめくりながら、

「土地建物の分で四分の一よりずっと多いじゃないか。だったら、売って俺たち兄弟三人で相続すればいいだろ。このあたり、建売がどんどん出来てるから、いい値で売れるんじゃないの。この広さならマンションだって建つよ。充分相続税が払える」

「正雄さん、それじゃあ、私達は家が無くなってしまうわ。せっかくお金かけて改築したのに」

「それはそちらの問題ですよ、義姉さん。俺は自分の取り分は貰いますよ。兄貴の家って言うけど、俺は自分の金でマンション買って住んでるし、姉貴も自分たちで家買ったんだよな。兄貴は家の苦労はなく、ずっと親の家に住んでいるんだよ」

「私がこの家を守って来たんですよ。ここは私の家でもあるんです。お義母さんが癌で入院した時も、お義父さんが徘徊し出した時だって秀一は単身赴任で家にいなかったんですよ。知ってるでしょう？　ご両親の面倒は私が見てきたのよ」

「親が元気なうちは親の家で経済的に楽をしていたんだから、親が年取ったら面倒見るのは、長男の嫁として当たり前じゃあないですか」

「私は家を残してって言ってるだけですよ。私がお義父さんの介護に寄与した分として、相続税分の現金を秀一さんの相続分に乗せて欲しいわ」

「でも、圭子さんには相続する権利はないんですよ。相続の話し合いに口出すのはどうかと思いますよ。兄貴だって分かってるんだろ」

正雄君が冷たく言った。

「正雄、言いすぎよ」

茜さんがたしなめる横から圭子さんが、

「長男の嫁だから仕方ないって分かってますよ。でも、三人とも、両親の面倒は全部私に押し付けて何もしなかったじゃないですか。お義父さんが外に飛び出したり、暴れたりした時も助けてくれなかったじゃないですか。片時も目が離せなかったんだから。施設に入れようって言ったのは秀一ですよ。私はそんな気はなかったわよ」

工藤君は、ここで参戦してしまった。

「圭子さん、茜は毎週二回通って、あなたが出かけている間にお義父さんをお風呂に入れたり……」

と、ここまで言った時に、茜さんが工藤君を止めた。

「やめて。大変だったのは一緒に暮らしている人よ。昼も夜も介護しているんだから。たまに顔出す私なんかには分からない苦労があったのよ。正雄もよ。全然顔も出さないで、施設入れたのがいけないような事を平気で言う人間だったなんて思わなかったわ。圭子さんに謝りなさいよ」

工藤君は誇らしい気持ちで茜さんを見た。ところが、そのとき圭子さんが、大声をだして、

「何も分かんないくせに、茜さん、いい子ぶって言わないでよ。お義父さんを引き取ろうなんて思いもしなかったくせに。どんなに大変だったかなんてあなたには分からない。絶対分からない。たまに来てお風呂に入れて、それで私が『来てくれてありがとう』って言ってたのよ。変でしょう。その位、娘なんだから当たり前の事じゃない」

そう言うと、泣きだした。

「ここは私の家なのよ。それをみんなして追い出そうなんて、ひどい、ひど過ぎるわ」

「圭子さん、追い出す気はないわよ」

茜さんが言うと、正雄君が、

「兄貴。何と言われても俺はちゃんと取り分は貰うよ。甥だか姪だかとうまく交渉して、俺の分、三分の一は確保して欲しいな。あてにしてたんだから。それが無理だったら、姉貴、金に困ってないんだろ。俺、本当に今ちょっと困ってるんだよ。前には遺産いらないって言ってたろ。俺に回してくれよ」

「何であんたにあげることになるのよ。相続とは関係もないでしょ」

それを聞いて、圭子さんが秀一さんに向かって、

「ほら、あなたが、家の分だけでいいとか余計な事言うから、正雄さんが譲らないんじゃない。茜さんまで一緒になって」

泣きながら食ってかかった。

「いい加減にしろ。俺だってこの家を手放さないで済むよう考えてるんだ。正雄も茜も落ち着いて話せば分かってくれるよ。向こうに行って頭冷やせ」

秀一さんが泣きじゃくっている圭子さんを部屋から追い出した。

「兄貴、これ以上話しても、俺の気持ちは変わらないから、これで帰る。どうしても駄目だって言うなら、裁判起こしても貰う物は貰うから」

正雄君は椅子から立ち上がりながら、

「そうだ、お袋が持ってた指輪とかの宝石あったろ。あれ、兄貴どうしたんだよ。お袋死んだ時、姉貴貰ったか？　義姉さんが持ってるんだろ？　あれ売れば税金分位出るだろ」

正雄君はそう言うとプイと背を向けて部屋を飛びだし、茜さんが追っかけ「母さんはそんなに価値のある物は持ってなかったと思うよ」と言うのを聞きもしないで玄関から出て行ってしまった。

茜さんが、圭子さんの反応にショックを受けたように茫然としているので、工藤君は、

「僕らも今日のところはこれで失礼します」

そう言うと、茜さんを促して引き上げる事にした。

外はいつのまにか雨になっていて、蒸し暑さが増していた。車に乗ると茜さんが、

「雨の降り始めの運転だから気を付けてね」

「うん、分かった」

茜さんは、ふうと、ため息をついて、

「あーあ、圭子さんには悪い事しちゃったわ。家が無くなるなんて、自分の努力が報われないって言うか、苦労を分かってもらえないって言うか、ショックよね。それにしても裁判か」

「裁判っていっても、調停から始まるから話し合いができるよ。でも、正雄君が譲らなければお義兄さんは家を売る事になるんじゃないかな」

「庭が広いから、庭を売れば家を売らないでも何とかなるんじゃないかな。それに、兄さんはお金を持っているから大丈夫だと思うわ。ただ、裁判所が、圭子さんが父さんの面倒を見たことについて、何らかの考慮してくれるといいけど」

「お義父さんは、最後まで家にいて亡くなった訳じゃないよね。そのあたりはどうだろうね。それまでの介護の分を上乗せできればいいけど。何にせよ、話し合いで解決できるよう努力しようよ」

「でも、正雄は商売が上手くいかなくて困ってるらしいから、無理かもね」

そう言うなり、

「あっ、ほら信号が黄色になるわよ」

茜さんの叫び声を聞きながら、工藤君は、

「安全運転、安全運転」と口に出して言いながら、これは土砂降りだなあ、と思っていた。

われらの山に登れ

朝、工藤君が、寒くなったのでそろそろ軍手を出そうかなと、手をこすりながら家の前を掃除していると、二軒先の杉田さんが犬のサクラと散歩から帰って来た。

「聞きました？　山根さんの旦那さんが亡くなったのは知っていると思うけど、突然死だったんだって。昼になっても起きてこないので、奥さんが起こしに行ったら死んでたってんだから、可哀相だよね」

山根さんの葬式は「家族葬」で、親族だけで行ったので、町内会では香典を渡しただけだった。だから、工藤君は詳しい話は聞いていなかった。

「散歩の途中で、山根さんの隣の家の奥さんに聞いたんだけどね。山根さんの奥さんが『誰か、誰か』って家から飛び出してきたんだってさ。それで、救急車呼んだらしいけど、もう亡くなっていたんだってよ。怖いねえ」

「そうだったんですか。でも、長患いしないで、パッと死んだんでしょ。大往生ですよね。羨ましい」

そう工藤君が言うと、

「何言ってんの。今はね、心筋梗塞だって脳梗塞だって、すぐ医者にいけば、いい薬があるし、カテーテル手術とかで助かる時代なんですよ」

「そうですか、それは知りませんでした」

「でもね、山根さんの所は寝室が別だったらしいよ。それじゃあ気が付かないよね。その点、我が家は未だに布団敷いて同じ部屋で寝てるから心強いよ」

「うちはとっくに寝室は別ですよ」

工藤君がそう言うと、

「それって家庭内別居というやつ？　お宅は仲いいと思っていたんだけどなあ。そうだったのか。それは大変だねえ」

まずい。杉田さんは勘違いしてしまったようだ。

「そんなたいした話じゃないですよ」

「それなら、早く謝ったほうがいいよ。夫婦喧嘩は長引かせちゃだめだよ。万が一の時のためにもね」

定年の二年前に腰を痛めたので二階に上がるのが面倒になった工藤君は、一階の和室にベッドを入れて一人で寝ることにしたのだ。慌てて、説明する。

「そうじゃなくて、腰が痛くて二階の寝室に行くのが辛くなったからですよ」

「だってお宅は四年前に改築したんだよね。一階に夫婦の寝室を作ったんじゃないの？」

まったく杉田さんは良く知っている。この調子じゃあ、俺より我が家の事を知っていそうだと思いながら工藤君は、

「まあそうなんですけど」

と、ちょっとあいまいに返事をした。


工藤君は定年退職した後の老後生活を過ごしやすくするために、改築工事をして家をバリアフリーにした。改築工事は、工藤君が再雇用で働くことになってしまったので、設計を業者と相談するところから全て茜さん任せになってしまった。だから細かい所は茜さんの希望が中心となっている。元の間取りは一階にキッチンとリビングに和室、二階に子ども部屋と夫婦の寝室の二部屋だった。茜さんは二階に寝ていたので、工藤君は一階の和室でのんびり寝られると一人寝を楽しんでいた。ところが、改築にあたって茜さんが、

「私だってこれからの事を考えたら一階で寝たいわ」と言い出した。

そして、「いまさら一緒の部屋で寝たくないでしょ」と工務店と相談してリビングを削ってもう一部屋作ることに決めてしまったのだ。

工藤君は、リビングが狭くなるとのんびりできないと反対したけれど、「庭に少し張り出せば大丈夫」と押し切られてしまった。

確かにリビングは十八畳もあったから、問題はなかった。庭のスペースが減るのは寂しかったけど、花をめでる趣味のない工藤君にはあれこれ言えなかった。だから一人部屋が侵害されなければと、工藤君が了承すると、次には、

「お互いのプライバシーを守るために二つの寝室の間の壁を厚くして音が聞こえないようにしたほうがいいわよね」

と、言いだしたのだ。

「何言ってるんだ。費用がかさむじゃないか」

「だって、寝ながら音楽を聞いても迷惑にならないし、私がバイオリンの練習をするときには寝室が防音室替わりになるんだよ」

茜さんはその頃バイオリンを習い始めていて、キーコギーコと家の中で騒音を立てていた。老後の隠居生活でゆっくり読書するのに騒音は嫌だったので「ま、いいか」と思った。でも、

不安があった。

「夜中に急に苦しくなったら、どうすんだ」

「気にしないでいいわ。自分で対処できなければ仕方ない。朝起きてこなかったら、そこで見に来てよ」

そうじゃない、俺の事だ。でも、女の茜さんが潔くそう言うのでしょうがないと、

「そうだな。夜中に起こすのは止めよう。起きられればノックすればいいし」

「お互いに恨みっこなし、後悔もなしでいいわよね」

それで、二つの寝室の間の壁は外壁並みの厚さになっている。最も、バイオリンの練習は「寝室じゃあ狭い」と、いまだにダイニングの片隅でやっているのだけど。

工藤君は、それらのことを杉田さんに説明すると話がややこしくなりそうだと思い、言葉を継いだ。

「夜中の心筋梗塞は怖いですね。腰も良くなってきたし、考えてみますか」

「それがいいよ。命あっての物種だからね。火事騒ぎが続いているのに、突然死まで増えたら大変だよ」

杉田さんはなんだか訳の分からない事を言って、待ちくたびれたサクラに引っ張られて帰っ

て行った。工藤君だって、「この壁は何かなあ」と、厚い壁を叩いてみたくなることもある。今日は茜さんはパートに出かけているので、夕食の時にでも山根さんの話をしてみようかなと思うのだけれど、「それがどうしたの」と言われるのは分かってしまっている。

家の前の掃除を済ませて家の中に入ると、掃除前にスイッチを入れた洗濯機が止まっていた。杉田さんとしゃべっている間に終わってしまったのだ。洗濯を見るのが好きな工藤君はがっかりしてしまった。そこに、茜さんが通りかかって、

「また見てるの？　飽きないわねえ」

と、冷たく言った。

「洗濯は終わってるよ。干すところだよ」

「ふーん、そうなの？」

「何だよそれ。見ろよ、終わってるんだよ」

工藤君が憮然として反論した時には、茜さんはもう洗面台に向かっていた。

洗濯物を干し終えた工藤君は、散歩に出かけることにした。久しぶりによく晴れていたので、坂のいちばん上まで上って行った。突き当たりの公園にたどり着くと遠くまで見渡せて、富士山まで見えていた。「ラッキー」と口に出しながら、風に吹かれてカラカラと回っている

枯葉を追いかけたり、吹き溜まりに山のようになっている枯葉を踏んでカサカサと音を立てたりして、すっかり子どもにかえったように遊んでいたら、嫌な気分など吹き飛んでしまった。そこへ下の方から人の声が聞こえてきた。工藤君はそんな自分の姿を他人に晒すのが恥ずかしくて、公園を出ることにした。

楽しかったなあ、と呟きながら、坂を下って自分の家に近づいた時、赤いプリウスが工藤君の家の一本上の枝道に入って行った。曲がる時に助手席に工藤君の家の裏の萩本さんの奥さんが乗っているのが見えた。三年ほど前に旦那さんを亡くして、今は一人暮らしのはずだ。

「若作りだけど、俺より少し上だと思ったからそろそろ七十歳になるんじゃあないかな」

と、思いながら窺っていると、真っ黒な髪を後ろになでつけた額の抜け上がった男が車から降りて来て、助手席のドアを開けた。降りて来た萩本さんの奥さんは白髪を上品に結い上げてベージュの柔らかそうな服を着ている。いつもは作務衣のような恰好で道を掃いているのに、女は化けるもんだな、なんて思っていると話し声が聞こえた。

「ありがとうございました」

「いえいえ、どうせ帰り道ですからいつでもお送りしますよ。この坂じゃあ大変でしょう。買い物なんかで用がある時は呼んでください」

そう言う八十歳近くに見える男は車に戻ろうとしない。これは明らかに、家に寄って行こうという魂胆だな、と工藤君は物陰に隠れてそっと見守った。

「ありがとうございます。でも、買い物は子どもたちが来てくれますから何とかなっているんですよ」

さすがだ、うまく躱している、と感心したけれど、男が動く気配がないので工藤君は意を決して、近づいて声をかけた。

「こんにちは。お出かけだったんですか」

「ええ、ちょっと、絵を習いに」

「ああそうですか。いいですね」

工藤君が裏の奥さんに近寄って話し始めた所で、

「じゃあ、僕はここで。また来週」

そう言って、男は車に戻って行った

夕飯の時にその話を茜さんにして、

「女の一人暮らしは色々大変だな。時々見回ってあげた方がいいかな」

そう言うと、

「何言ってるの。よそのお宅を嗅ぎまわるようなことはしないでよね」

「裏の萩本さんは困っていたんだよ。あのまま押し入られたら貞操の危機じゃないか」

「何、古臭い言葉を使ってるの。その男の人、八十歳近いんでしょ。大丈夫よ。見回るなら、火の用心の見回りなさいな。最近空き家の火事が多いのは放火みたいよ」

「いやいや、男はいくつになっても雄だよ」

「へー、そうか、工藤君も雄だったんだ」

「何言ってるんだよ。俺は違うよ。あの男が下心見え見えだったんだよ」

ちょっと慌てて、口が回りづらくなった。

「だったら、なおのこと、男女の事は見て見ぬ振りするのが礼儀でしょ」

「どう見ても妻帯者なんだよ、怪しいじゃないか」

「いやらしいわね。下心は自分じゃないの？」

そこまで言われるのか、と思っても、やっぱり心配で、その後もこっそり二階から坂を上がって来る車を気にかけていると、丁度二週間後の火曜日にまたあの赤いプリウスが見えた。急いで箒を持って掃除する振りをしていたら、その日は萩本さんの奥さんを下ろして去って行ったので、工藤君は安心して家に帰った。

その次の火曜日、裏の家に誰かがいるような気配があったので、二階に上がってそっと覗くと、声がした。

「危ないですよ」

「大丈夫ですよ、ちょっとこの枝、抑えてくれませんか」

声の聞こえたほうを見ると、何とこの前の男が脚立に乗って庭木の枝を落としているのだ。いつの間に上がり込んだのだろう。茜さんもやってきて、一緒に隣を覗きながら、

「あら、良かったわね、これで落ち葉掃きが楽になるわね」

そういう問題じゃないと憮然としていると、しつこく、

「工藤君、昨日もぶつぶつ言ってたものね。聞こえたんじゃないの？」

そりゃあ裏の家から萩本さんの家の庭にはらはらと落ち葉が舞い込むのを片付けるのは工藤君の役目だ。風向きによっては枯葉が山のように舞っている。萩本さんの旦那さんが健在なうちはまだよかったけれど、亡くなってからは庭木の手入れは全然していなかったようで、去年はひどいものだった。でもなあ、そうやって入り込むなんて許せない、と工藤君は憤慨しきりであった。

その後、毎週火曜日になると、裏の家の前の道路に三～四時間もプリウスが路上駐車するようになった。裏の奥さんを車で送って来る男がそのまま上がり込んでいるのだ。

工藤君が二階で寝転がって空を見ていると、裏の家からガタガタと音が聞こえたので、何事だろうと起き上がった。そっと窓にカーテンを引いて、その陰から裏の家を見ると、まだ明るいのに二階の雨戸を閉めている。いつもなら夕方に閉めるはずの一階の座敷側の雨戸も閉まっている。急いで階段を下りて、ソファで雑誌を読んでいる茜さんに声をかけた。

「おい、裏の家が雨戸閉めている、怪しい」

「怪しいのは工藤君だよ、よその家を覗いてさ」

そう言いながら茜さんも工藤君に続いて二階に上がって来た。

「あの男の人、よく来てるみたいね」

「そうだろう？　何しているんだろう」

「何してるかなんて分かりきっているでしょ」

「そりゃあそうだ。絶対八十歳近いのに元気だよなあ。あの男、後ろから見ると、オールバックにしていてもてっぺんが禿げてるのが分かるんだよ。今度あの車見たら、雨戸いつ閉めるか確認しよう」

「工藤君、覗きは止めてね」

「何言ってる。年寄りのなんか覗かないよ」

「そう言う意味じゃないわよ。馬鹿ねえ」

茜さんは呆れたと言いたげに階段を下りて行った。

そんなこんなで、その夜、工藤君は久しぶりに茜さんと一緒にいる夢を見てしまった。びっくりして目が覚めて、ベッドから降りて厚い壁を叩いてみた。この向こうにいる人は何だろうと、返事のない壁をまた叩いた。そうだ、明日、茜さんにお前は俺の妻なんだぞと言ってやろう。それで少し落ち着いて、工藤君は眠りについた。


工藤君が朝から気合を入れて、珈琲を入れて飲みながら、「頑張って『お前は俺の何なんだ』と聞いてみよう」と、小声で言いながら茜さんを待っていると、茜さんがパジャマのまま出て来た。

「珈琲飲んでるの？　私も貰おうかな」

茜さんは自分のカップを食器棚から出して工藤君のそばまでやってきた。

よし、今だ。意を決して聞いてみよう。

「今晩、いかがですか」

あれ、焦ってストレートに言ってしまった。

「何？」

「だからさ、ずっとしてないからさ、その」

工藤君がしどろもどろ言うと、カタンとカップを落とした様な音をたてて、

「えっ……」

茜さんが絶句している。困ったなと見ていると、茜さんの顔が段々赤くなってきた。かわいい。そう思って、つい手を握ってしまった。

「何すんのよ、馬鹿な事言わないで」と言いながら、びっくりしたように目を大きく見開いている。その目で見つめられて、工藤君は思わず引き寄せて、

「しよか」

「え」と言う茜さんを抱きしめた。今度は「何すんのよ」とは言わなかった。工藤君の背中におずおずと温かい腕が回された。


身支度をすませて茜さんがダイニングに来たので、工藤君は作り直した珈琲をカップに入れて差し出した。

「久しぶりだったから、ゴメン。今度はもっとゆっくり時間かけて頑張ります」

「でも、朝は止めて。遅刻しそうじゃない」

「分かった。車で送るよ」

「痛かったよ」

「うん、分かった」

工藤君は玄関に向かった。でも、すぐに戻って来て、珈琲を飲んでいる茜さんに聞いた。

「朝飯、食べる時間あるよね」


それで何かが変わったかというと、何も変わりはしなかった。部屋の間の厚い壁は壊れるはずはないのだ。それでも、時々は、

「今晩どうですか」と、聞く事が出来るようになった。

「ママ、今晩あたりどうですか」とお願いすると、

「そんな人はいません」

「茜さん、お願いします」

「はい、いいですよ、工藤君」

「工藤君じゃあちっともムードが出ないじゃないか。男はデリケートなんだよ」

「何？　パパって言われるとムード出るの？」

「イヤ、そうじゃないけどさ」

工藤君は口籠るしかない。

「私は茜さんって言われると、青春時代みたいでドキドキして嬉しいけどなあ。じゃあ、誠さ

んって呼ぶ？」

「いや、それは気恥ずかしい」

刻の過ぎゆくままに

「おい、歯ブラシがちびているぞ」と言いかけて、工藤君は慌てて口を閉じて、洗面台の下を開けた。家にいるのだから、私に頼らないで歯ブラシ位は自分で取り換えるようにと、茜さんに言われたのを思い出したのだ。堅めの小さい歯ブラシが六本ある中から、いつもの青い色のを出した。たぶんピンクと黄色は茜さん用だろう。

新しい歯ブラシは気持ちがいいなあ、なんて思いながら歯磨きを終えて、ソファに座って新聞を広げた途端、

「工藤君、何で歯ブラシ、自分の分だけ取り換えてんの？」

と、茜さんの怒鳴り声が洗面所から響いて来た。

工藤君は座ったまま、自分も叫んだ。

「減ったから換えたのになんか不都合があるのか？」

「私の歯ブラシはどうしたのって言ってるの」

あれは茜さん用だったのかな、でも、俺はいつも青だし、歯ブラシに目印なんかなかったはずだ。そう思いながら、工藤君は洗面所に向かった。

「私が言ってるのは、何で自分のだけかって事」

「えっ」

「だから、何で私のも一緒に取り換えないのってことよ」

そんな事考えたこともなかった工藤君は驚いてしまった。それでちょっとどもって、

「だ、だって。ええっ？　だって、自分で取り換えるんじゃないの？」

茜さんはじっと工藤君を見てから、息を吸い込んで言った。

「私が今まで二人分取り換えてた事は知ってるでしょ。だったら、工藤君が歯ブラシの状態に気が付いたら、私のも一緒に取り換えておく事が礼儀じゃない？」

「いや、そうか。でも、礼儀とまで言う事じゃないだろ。自分の事は自分でって、お前がいつも言ってるじゃないか」

「『お前』って何？　私は『お前』じゃないって何度言わせるのよ」

「ちょっと間違ったんだよ。いいじゃないか、間違う事は誰にもある。いちいち目くじら立て

るな」

「目くじらじゃないわよ。人格攻撃だわ」

焦ったので、つい口にした言葉だったけれど、こうなったら工藤君だって日頃の思いを口にしたくなった。

「何を大げさな事言ってるんだ。大切な女房だから『お前』って言ってるんだ。他の人には言ってないんだぞ」

「何を威張ってるのよ。他人は尊重してるんでしょ。私の事はあなたの所有物とか思ってるんでしょ？」

「夫婦なんだから一心同体じゃないか。互いの所有物で何が悪い」

「私は工藤君なんて所有したくないわ。とにかく、相手への尊敬を忘れないでよね。それが一緒に暮らす礼儀というものよ」

「分かったよ。あなた様への礼儀だな。それならあなた様も俺に対してもっと礼儀を大切にしろよな」

何が何だか分からなくなった。まったく女は何で話の筋道をよそに持って行ってしまうのだと、工藤君は憮然としてそう言い捨てて、

「トイレだ」と、わざわざ断ってトイレに向かった。

「歯ブラシが減ったことに気が付いた人が二人分取り換えることにしようと提案すればいい事なのに、きちんと説明もしないで思いつくままに自分のルールを押し付けるから、互いに気分が悪くなるんだ。まったくどうしてこうも非生産的なんだ」

工藤君がトイレでぶつぶつと怒っていると、ドンドンドンと、

「ちょっと、いつまで入っているの？　私が入れないでしょ。今日はバイオリンのレッスンの日だから忙しいのよ」

トイレのドアをノックする音と一緒に茜さんの怖い声がした。

そうだ、これから練習が始まるんだ、さっさと散歩に出かけたほうがいいと、工藤君は急いでトイレを出た。


工藤君が浅川への散歩から戻ってくると、丁度茜さんが玄関の鍵を開けているところだった。「良かった、間に合った」と、何も悪さをしてる訳じゃないのに工藤君は思ってしまった。工藤君が洗面所で顔と手を洗っていると、自分の部屋にバイオリンを置いて着替えて来た茜さんが、工藤君のズボンに枯葉が付いてるのを見て、

「どこ歩いて来たの？　ズボンが紅葉してるよ」

工藤君は川の土手を散歩していて、道のついていない草の中を通って水辺まで降りていった

のだ。枯草なんてあったのだろうか。

「どこで付いたんだろう、全然気が付かなかったよ」

と言いながら、さっきの自分の「悪さ」という言葉を思い出してちょっと赤くなった。茜さんは、気が付かなかったようで、

「お昼にしようよ。いい匂いだから買っちゃった」

茜さんはテーブルに駅前のパン屋で買ってきた調理パンを並べた。

二人でパンと紅茶の昼飯をもくもくと食べていると、茜さんが話しかけて来た。

「そうだ。ピアノ、狂っているみたい。調律したほうがいいと思うんだけど」

娘の桜子のために買ったピアノは、いつの間にかリビングの物置になってしまっていたけれど、最近はバイオリンを習い始めた茜さんが音程を確認するのに使っている。

「ピアノで弦の音を合わせて行ったのに、先生に狂ってるって言われちゃったわ」

「そうだね、もうずっと調律してないから、一度見て貰ったらいいと思うよ」

「ありがとう。じゃあ、そうする」

そう言ってから、

「ねえ、工藤君もバイオリン習わない？　教えてあげるから合奏しようよ」

「うーん、どうかなあ」

工藤君が生返事していると、

「父さんの遺産をさ、貰う事にしたでしょ。もともと貰う気なかったお金だから、きちんとした物にしておくのが一番の供養だと思うのよ。だ、か、ら、遺産でバイオリン新調するから、今使っているのは工藤君にあげてもいいよ。ね、やってみれば？」

茜さんは、「ふふふ、ふふふ」と笑いながら工藤君に言った。茜さんはバイオリンを頑張って練習しているのに、なかなかいい音が出ないのだ。それで百万円以上もするいいのを買いたいと、パート代を貯金していた。そういえば、もうずいぶん貯まってるはずだけど、そのお金はどうなったんだろう。工藤君は少ししか小遣いを貰っていないのに。それに、いい音が出ないのは、茜さんの腕に問題があるような気がする。だから、

「バイオリンはピアノやギターと違って押さえる場所が決まっていなくて難しいから、俺には無理だよ」と答えた。

茜さんには言っていないけれど、実は工藤君はピアノを習っていたことがあるのだ。小学校に入る前にピアノ教室に姉さんについていって一緒に習い出し、中学三年になるまで通っていた。その後も時々は弾いていたのだけれど、大学に入って下宿したので、ピアノに触ることもなくなってしまって今に至るのだ。茜さんと付き合っていた頃は、わざわざ言う事もなかったので、言わないままになっている。桜子がピアノを習いだした時にも何となく言いそびれてし

まった。何で言えなかったんだろう、弾いてみたいとも思わなかったからかなと、工藤君は思うのだ。

ピアノのおかげで音感が鍛えられたらしい工藤君は、茜さんの練習を聴いていてバイオリンの難しさを良く分かっている。それ以上に、はっきり言って、音程がなかなか取れない茜さんの練習を聞くのが辛い。だからレッスン日の今日は茜さんが練習を始める前に、急いで散歩に出かけている。

「そうだけど、やってみれば何とかなるよ。一緒に合奏したいんだけどなあ」

不満そうな茜さんに、

「あのさ、今の調子だと、遺産を貰うのは、いつになるか分からないよ」

茜さんの父親の相続の話し合いは硬直状態になって、ついに弟の正雄君が裁判所に調停の申し立てをしたのだった。

「そうね、とらぬ狸の何とやらだった。じゃあ、ゆっくり考えてね」

習うならピアノの方がいいな、と思いながら工藤君は頷いた。

夕食は工藤君が芝エビ入りの特製焼きそばを作って、ついでに茜さんの作り置きの蒸し鶏をちぎった野菜に混ぜたサラダを大きな皿に入れてテーブルの真ん中に置いた。

「工藤君も料理できるようになったんだね」

茜さんが嬉しそうに言ったので、

「焼きそば位だけど。ああ、うどんとかラーメンとかも作れるようになったかな」

ちょっと偉そうに言うと、

「全部昼ごはんみたいだよね」

「そうだね。でも今日はちゃんと夕飯になってるじゃないか」

「うん、美味しい夕食だよ」

茜さんに褒められて、工藤君は、

「俺も練習すればうまく作れそうだね。茜さんのようにはいかないだろうけど」

「何でも教えてあげるからレパートリー増やしてね」

「じゃあ、習いながら一緒に作ろうかな」

ウキウキした工藤君は、焼きそばを食べ終わって、ほうじ茶を飲みながら、

「今夜あたりどうですか？」

久しぶりに茜さんを誘った。ところが、

「今夜は遠慮しておきます」

はっきり断られてしまった。でも今日は引き下がりたくない。

「えー？　ねえ、いいだろう？」

「今日はそんな気分になれないの。疲れてるし」

茜さんはにべもない。さっきまでいい雰囲気だと思ったのにと、

「マッサージしてあげるよ。夕食も作ったんだし、片付けもするから」

「何それ？　夕食が条件なら、毎晩私が工藤君を求めてるって事なの？　それって変だよ。気分悪い」

やばい、お願いの仕方を間違ったと、工藤君は引き下がることにした。ところが、

「何？　河原にいい女でもいて欲情したの？」

どうして分かっちゃったんだろう、と工藤君は焦った。

「違うよ、そんな訳ないだろ」

「そんな訳じゃないなら、どんな訳なんだろうね。顔赤くしたくせに」

ああ、やっぱり見られてたか。

「茜さん見て、ドキドキして赤くなったんだよ」

「そんなおべんちゃら、よく言うよね」

「いや、あのね。川に鷺とか川鵜とかがいっぱいいたんだよ。それで、近くで見ようと思って、水の近くまで行ったんだよ」

茜さんは、ますますヒンヤリした声で、かったるそうに言った。

「ふーん。で、そこに若い女でもいたの？」

「だからさ、中年の男女がいたんだよ。驚いたのは事実だけど、それで欲情したんじゃないよ」

「ふーん、中年のねえ。ウソつかないでよ。最近優しくしてないじゃない。自分の欲求だけで終わっちゃうし」

「何言ってんだよ。そんなはずないよ。俺は、僕は、その、男には色々あるんだよ」

工藤君はこの批判にはどう言っていいか分からなくて、慌てて言い訳してしまった。

「何それ。私は楽しくないから。そんなのもうイヤなの。欲望の処理なら一人でやって」

「違うって言ってるだろ」

そう言って、食器を片付けようと席を立ったら、茜さんは工藤君を避けて立ち上がって、自分の部屋に行ってしまった。工藤君は諦めて、ため息をつきながら食べ終わった二人分の食器をキッチンに運んだ。使った調理器具と食器をガシャガシャと音を立てて洗い、何でこんなに面倒な話になるんだと、フライパンを思いっきり力を入れて磨いた。最後にキッチン全体を見渡して、手を拭きながらリビングのソファに座ってニュースを見ようとテレビを付けながらぼやいた。

「またこれで、寝室の間のベルリンの厚い壁が、高ーくなったんだろうなあ。せっかく夕飯も作ったのになあ」

工藤君は心の中で、叫んだ。

「俺は浮気なんてしていない。本当の本気だったんだ。でも、君と桜子のために、君のいるこの家に戻って来たんだ。俺は辛かったんだ。電車の中で涙が出てしまったんだぞ」

あの時、茜さんは泣き喚いた。工藤君とは口も利かずに何日も泣き続けた。でも、十五年も前の事じゃないか。今は、茜さんにただ一緒にいて欲しいだけのに、どうしてそんなに分からず屋なんだ。工藤君はテレビを見るのも面倒になって、「もう寝よう」と立ち上がった。


早く寝たせいで、二時に目が覚めてしまった工藤君は、ビールでも飲もうと、部屋を出た。リビングに明かりが見えたので「茜さん、起きてるのかな」と、覗いてみると、ソファに座って俯いていた。茜さんは肩を震わせているようだ。「泣いている、やばい」と、工藤君はそっと自分の部屋に戻って行った。

「まずいなあ、何で泣いているんだ。また修羅場になるのは嫌だなあ」と、ベッドに腰かけてつぶやいて、気が付いた。何も浮気心を起こしたわけじゃない。へたな言い訳した自分が馬鹿だった。早く茜さんの勘違いを訂正しないと後が怖い。

よし、と立ち上がって部屋を出、わざとドアをバタンと音を立てて閉めた。まずトイレに行ってから、リビングに入って、何気に茜さんに声をかける。

「起きてたの？」

「うん。早く寝すぎちゃったみたい」

「同じだよ。ビール飲もうと思ってさ。飲む？」

茜さんは黙ってソファの前のローテーブルを指さした。赤ワインの入ったグラスにオリーブとチーズを入れた小皿が置いてあった。

それで、工藤君もワインとグラスを出してきて、茜さんの隣に座った。

「さっきはゴメン」

下を向いてグラスにワインを注ぎながら、それだけを言う。

「何が？」

「いや。こっちの都合で誘って、断られて気分悪くなってさ」

「気分悪かったの？」

「いや、それはさ……。俺、優しくしてないか？」

「ちゃんとしてない。私にときめかないんでしょ」

夫婦なんだからいつもときめくなんて無理なのになと、工藤君は困った。久しぶりのあの時はドキドキしたけど、それは茜さんも同じじゃないのかと思うのだけど。

「私にも気分があるんだから、誘うなら私をときめかせてよ」

そう言って、茜さんは右ひじで工藤君の腰を突いてから、頭を肩に寄せて来た。工藤君は「おっ」と、抱きしめそうになって、でも、まだ早いと自制して、

「若い時と違うからさ、色々あるんだよ。でも、優しくするから」

工藤君の言葉を聞いているのかいないのか、茜さんは膝の上に置いた端末を取り上げて、工藤君に見せた。孫二人が何やら飛び跳ねている。

「見て見て、これ、花音と拓弥の動画。珍しく桜子が送って来たのよ」

「これ、墓参りに行ったのか？」

「そう。うちのお墓。先週、行ってくれたんですって。中三の花音の塾や拓弥のサッカーがあるとかで、こっちと日程が合わなかったからって、日曜にみんなで行ってくれたのよ」

茜さんの声が弾んでいる。

「墓の掃除というより遊んでいるみたいだな」

「私たちに見せるって踊ってるんですって。変な踊りよね」

茜さんはククと笑っている。笑ってる茜さんはかわいいなと、工藤君は、茜さんの右手を取ってそっとさすった。

「あのさ、習うならバイオリンじゃなくて、ピアノがいいな」

茜さんは工藤君に身体を寄せたまま、

「ピアノがいいのー？　バイオリン譲るのに」

「だって、ピアノ、調律するんだろ。眠らせておくのはもったいないよ」

子どもの頃習ってたんだと、言おうと思った時に、

「そうだね。上手になったら、伴奏してもらえるね。バイオリン協奏曲を二人で演奏できるね。それも素敵かも」

ワインで酔ったらしくホンワカと言う茜さんに、工藤君はすっかり気を取られて、

「そうだね。二人で合奏しよう。料理も一緒に作って。茜さんと一緒にね」

そう言うと、茜さんの身体に手を回そうとした。ところが、茜さんは、

「じゃ、私は寝るわ。お休みなさい。ごゆっくり」

と、立ち上がって自分の部屋に行ってしまった。

しかたなく工藤君は茜さんの残したチーズを口に入れて、

「自分の飲んだワイングラスくらい片付けろよな」

なんて言いながら、自分のグラスにまたワインを注いだ。

いいじゃないか　今がよけりゃ

工藤君の隣の家には、誰も住んでいない。一昨年の春ごろまでは八十代の夫婦の声が時々聞こえていたし、茜さんの話では介護のヘルパーさんが通っていたらしい。それが、いつのまにか姿が見えなくなって無人になっている。夏中繁っていた庭の雑草が刈られていたのを、先週気が付いたのだから、家族がたまに来ているのかなとは思うけれど、何の挨拶もないのだから分からない。

だから今日も工藤君は自宅と隣の家の前の二軒分の道を掃いている。今は枯葉は落ち切ったからいいけど、雪が降ったら嫌だなあなんて思っていると、三本上の枝道沿いのご夫婦が坂を上って来た。痩せた旦那さんが、工藤君に向かって、「ご精がでますね」と、言ってくれた。

「お二人でどこかにお出かけだったんですか」

「買い出し、買い出し。電車に乗ってね」と、背中の大きなリュックを見せてくれたので、

「大荷物ですね。重たいでしょう」

「そうでもないですよ。野菜に肉と魚ぐらいですからね。重い米なんかはスーパーで配達してもらうんですよ」

そうだった。特急の止まる駅にある大型スーパーは、五千円以上買うと配達サービスをしてくれるのだった。

「車、やめたんですか?」

「この前免許証を返納しちゃったんですよ。七十七歳になった区切りでね。前から女房や子どもが運転をやめろって、うるさくてね。何だか不安だってさ。まあ、僕も少し怖くなったところだったし」

「おかげで買い出し大変なんですよ」

隣で奥さんが、ころころ笑いながら言う。手にした買い物袋から泥付きネギとゴボウをのぞかせている。

「その下の無人販売所にあったのよ。いいネギでしょ、二百円入れて貰って来たわ」

隣の奥さんは大変だと言う割には嬉しそうである。その声に呼応したように二軒先の杉田さんの家から「ワンワンワン」と犬の吠える声がした。慌てて、

「あらあら、サクラちゃんに吠えられちゃったわね。じゃあこれで」

そう言って二人並んで坂を上って行った。


工藤君のところでは、生協でほとんどの食品を配達してもらっている。娘がいた頃は週に一度、土曜か日曜に足りない物を車で買い出しに出かけていた。今では食べる量が減ってしまっているので、買い出しは孫が来る時ぐらいになってしまった。

仲良く坂道を上って行く二人を羨ましそうに見送っていた工藤君は、ヨーグルトが切れている事を思い出した。それで、ちゃっちゃと掃除を終わらせて、洗った手を拭きながらリビングに入って行った。ソファに座って新聞を読んでいる茜さんに、

「おい、じゃなくて、もしもし茜さん。明日の朝食用のヨーグルトを買いに行くんだけど、一緒に行きませんか」

「えー、今忙しいのよ」

「何もしてないじゃないか」

「新聞読んでいるのが見えないの？　それに、バイオリンの練習しようと思ってたところなの。散歩がてら一人で行ってくれれば？」

「車出すから一緒に行こうよ」

「一人で行けばいいじゃない。そうだ、車で行くんだったら大根買ってきてくれない？　それに、夕飯のおかずに、魚か何か買ってきてよ」

「何の魚？　煮るの？　焼くの？」

「何でもいいわよ。そうだ、この前、お刺身が食べたいって言ってたわよね。お刺身でもいいわ。自分が食べたい物を買ってくればいいわよ」

茜さんは新聞から目を離さないので、仕方ない、と工藤君は着替えに自分の寝室に行った。


工藤君は買い物に行くのが楽しみなのだけれど、一人で行くのは嫌なのである。働いている時には、土日に茜さんの買い出しに運転手として駆り出されていた。茜さんの後ろをスーパーのかごを持って付いて行って、ついでに自分の好きなお菓子や酒の肴なんかも入れるのは楽しかった。でも、実は工藤君はスーパーで茜さんが買い物をしている間に魚を見ているのが大好きなのだ。魚は一匹一匹違うのだ。大きさだけでなく、背びれや尾びれの形や、目の白い濁りのところが青かったり、赤かったりしている。どれが新鮮なんだろうと工藤君は考えるのだけれど、茜さんは、「一緒に並んでいるんだから、みんな同じでしょ」と、気にもしない。魚には工藤君と茜さんの違いは分かるのかなあと、じっと魚の目を見てしまった事もあった。

でも、料理して食べるとなると、何がいいか良く分からない。

「変な物を買うとぶつぶつ言われそうだし。車はやめてヨーグルトだけ買って来る事にしようかなあ、大根なくても今日は困らないだろうし」なんて思いながら玄関に向かうと、茜さんがダウンコートを手に自分の部屋から出て来た。

「遅いわね。行くならさっさと行きましょうよ」

「一緒に行ってくれるの？」

「変な物買われると面倒だから私も行くことにした」

「じゃあ、ついでに珈琲でも飲んで帰ろうか」

「そうね、パンケーキ付けてくれるならいいわよ」

「魚の目には茜さんはパンケーキに見えるかもしれないな、笑われるぞ」なんて思ってにやにやしながら、工藤君は急いで車のキーを取りにキッチンに戻っていった。


工藤君が魚売り場でうろうろしている間に、茜さんはカートに籠いっぱいの食料品を積んでいた。あまりかさばっているので、

「先に車に積んでから珈琲飲みに行く？」

工藤君が聞くと、

「冷凍食品もあるから珈琲は止めとくわ」

「パンケーキ、いいの？」

「今食べるとお昼がパンケーキになるから、今日はいいわ。帰ろう」

何かまずい事言っただろうかと、茜さんの顔をうかがった工藤君だったけれど、笑っていたので、

「いいよ、じゃあ帰ろう」

二人でエコバッグに食料品を詰めながら、工藤君は「これなら配達頼めばいいのにな」と思ったけれど、君子危うきに近寄らずと、黙って重たいバッグを持ち上げた。


茜さんが昼食を用意すると言うので、工藤君はその間に二階の掃除をすることにした。さっと掃除機をかけて降りてくると、ダイニングテーブルには、大きな皿にたっぷりの野菜と共に、好物のローストビーフが山盛りになっていて、ビールも出ていた。

不思議そうに見ている工藤君に、

「兄さんから、お金振り込むって手紙来たからお祝いよ」

茜さんはテーブルの端に置いてある義兄の秀一さんの会社名の入った茶封筒を指さした。

「買い物に出かける前に、工藤君を待っていた時に丁度来たのよ」

手に取って茜さんを見ると、頷いたので、封筒から中身を取り出した。ワープロ打ちで納税

を済ませたこと、税金分を差し引いたお金を振り込む事などが、実に簡潔な文章で書かれていた。別の紙に、相続の明細が書かれていて、細かい数字でぎっしりの添付資料が付いていた。

「いやに事務的だね」

工藤君が感想を述べると、

「家を手に入れるために、私達に自分の貯金を出して支払ったから、圭子さんが怒っているんでしょうね」

茜さんはそう言うけど、奥さんの圭子さんだけでなく、秀一さんも実際にお金を動かす段になって、割り切れなくなったのかもしれないなと工藤君は想像した。

「それにしても、税金が大きいね。分かっていたけど、腹が立つわね」

「うん、そうだね」

工藤君は書類を封筒に戻して、テーブルについた。缶ビールを手に取って、

「さあ、お祝いのビールだろ。大変だったけど、終わったんだよ。ご苦労様」

そう言って、茜さんが持ったコップに注いだ。そこで思い出した。

「おっと、家で昼飲みしない約束だったよ」

「今日は許す」

「許すって、茜さんが出してくれたんだよ」

「そうか。全部終わった日だもの、まあいいでしょ」

「うん。いいよ。特別だからね。いただくよ」

「工藤君のおかげで色々助かったわ。有難うね」

工藤君も茜さんにビールを注いで貰って、二人でコップを持ち上げて乾杯をした。

「本当に、よく頑張ったよね」

工藤君はそっと茜さんの手を取った。本当は抱きしめたかったけど、その勇気がなかった。だって昼のビールだよ、これ以上はまずいよな、癖になりそうだから。


茜さんの父親の相続は、裁判まではいかなかったけれど、家庭裁判所の調停で、異母姉の子どもたちに百五十万円ずつ渡して、土地建物を含めた残りを茜さん達三兄弟で三等分して分けることになったのだ。そのうえで、圭子さんの寄与分として茜さんから二百万円、正雄君からは百万円を秀一さんに上乗せすることになった。分けると言っても、土地建物を秀一さんの名義にして、現金の足りない分を秀一さんが自分のお金を出して茜さんと弟の正雄君に払う事で均等にしたのだ。法律的にはよくある方法だそうだけれど、実際に貯金を崩す秀一さんは大変だろうなと、工藤君は同情したものだ。

「兄貴は親父の家に住んでるから俺や姉貴と違って家もマンションも買ってないんだ。金は持ってるだろう。寄与分なんて払う必要ないよ」

と、寄与分を渋る正雄君に茜さんは、

「これは父さんの面倒見てくれた圭子さんへのお礼よ。大変だったんだから感謝しなくちゃ。私が寄与分をあんたの倍出すからそれでいいでしょ。あんたは一千万円あれば何とかなるでしょ。それでも兄さんは自分の貯金から出すんだから痛み分けよ」

と強く言って納得させたのだ。それは、異母姉の子どもに対しても同じで、泥棒扱いして怒鳴る正雄君を「ちょっと黙ってて」と止めて、

「うちの父親は、戦争から帰って来て、何もない所から妻と二人で頑張って生きて来たのよ。財産って言っても、家と土地と僅かな貯金位なのよ。ねえ、想像してみてよ。自分の育った家や、両親が協力して作り上げた僅かな財産を、知らなかった人が現れて、寄越せって言われて、私達がどんな思いをしているか。分るでしょ」

こんこんと情に訴えて説得したのだ。それで、最初に提示された百万円で納得しなかった二人も、相続税分に交通費分を加えた百五十万円で納得したのだった。

茜さんは工藤君の手を振り払って、ビールに口を付けて、

「きっと今頃は兄さん達も、腹を立ててるわね。分かっていても、みんなに金を取られたっ

て」

「親の遺産なんて、親の物なんだから、貰えるだけで有難いと思うんだけどな」

工藤君はしみじみと言った。そして、

「正義感あるのは知っていたけれど、茜さんはたいしたものだったなあ」

「専業主婦を馬鹿にしちゃあいけないわよ。ＰＴＡでも町内会でも役員やってたんだから」

自慢げに言う茜さんに、「家の中で負けっぱなしなのは仕方ないな、本当に『老いては茜さんに従え』だな」と、納得して、工藤君はローストビーフに手を伸ばした。


食べ終わった食器をキッチンに運んでテーブルの上が片付いたところで、茜さんが、

「工藤君、私は紅茶を飲むけど、珈琲飲みたかったら自分で入れて」

「前から言ってるけど、俺は紅茶嫌いじゃないよ」

「知ってるわ。家では飲まなかっただけで、どこかの誰かさんとは飲んでたのよね」

「家ではいつもコーヒーメーカーに作ってあったから、俺は珈琲でいいという位の気持ちでいたんだ」

「ふーん。紅茶は大事な人との時間用だったんでしょ」

十五年前に工藤君の寄り道がばれたのは、ズボンのポケットに某ホテルの喫茶ルームのレ

シートが入っていたことからだった。二人分のケーキと紅茶のレシートが二週間続けて同じ水曜日に入っていたのに茜さんが気づいたのだ。もちろん、仕事関係の打ち合わせとかごまかしたけれど、茜さんは「家では飲まない紅茶」を怪しんで、次の水曜日にこっそり行ってみたらしい。その時に工藤君たちを見たかどうかは分からなかったけれど、

「あまりのショックにホテルの前で転んで怪我したのよ。あなたは私が足を引きずってたのも知らなかったでしょ」と、工藤君は責めたてられた。

工藤君は、修羅場が落ち着いた後も、しばらくは、紅茶を見ると寄り道を思い出して、辛くて堪らなくなってしまった。それもあってか、茜さんは折に触れて言いだしてくる。

十五年も前の事で、しかもちゃんと謝っているのに、これ以上どうしろって言うんだと思いながら、

「何言ってるんだ。ただ家と外を分けていただけだよ。今は退職したから家でも飲んでるだろ。いちいち聞かないで欲しいな」

「そうなの？　嘘ばっかり」

今日はイヤにしつこいな、昼飲みのせいだろうか。そう思った工藤君も酔っているので、

「今は君と飲んでいるじゃないか。もう勘弁してくれよ。悪かったよ。俺は茜さんといたいんだ、大切な茜さんと紅茶が飲みたいんだよ。分かって欲しい」

わざとらしすぎて言えなかった本音を口に出してしまった。案の定、

「何をわざとらしい事言ってるのよ」

茜さんは、ビールで赤くなった頬をもっと赤くして言った。それから口をぐっと結ぶと、俯いた。それを見た工藤君は、茜さんが愛おしくなって、

「ゴメン、本当にゴメン。本当に悪かった」と、茜さんに頭を下げた。

茜さんが、

「うん」と言ってくれたので、

「もうこの話は終わりにして、一緒に紅茶飲ませて欲しい」

茜さんは頷いてから、顔を上げて工藤君を見つめた。じっと見つめているので、手を取ろうとしたら、

「その耳、どうしたの？」

「耳？」

何のことかな、赤くなっているのかなと思っていると、茜さんは、けらけら笑いだして、

「あー、やだ。ねえ、耳に毛が生えてるわよ」

工藤君は両耳を触ってみた。そう言えば耳たぶがゴワゴワしている。

「耳の中からも出てるわ。みっともないから床屋くらい行きなさいよね。汚いわよ、いくら隠

居だからって。それじゃあ、もてないわよ」

　茜さんに笑いながらそう言われて、工藤君は洗面所に行って鏡を覗いた。本当だ、両耳に五ミリぐらいの毛が生えているじゃあないか。しかも白毛まである。がっくりしていると、ダイニングから茜さんの大声が飛んできた。

「紅茶出たわよ。飲むんでしょ」

　その声はまだ笑っていた。

船を出すなら月の夜に

月が工藤君についてくる。あと少しで満月になりそうな大きな月が煌々と家並みを照らしているので、この住宅地の古い家たちもきれいに見える。定年後の再雇用も終わり、隠居生活に入ってからやっと十か月たった工藤君は、月を見上げながら「仕事をしていた時は月を見るゆとりもなかったな」としみじみ思った。誰も通らない夜の道を歩くのはまるで探検でもしているようで、ワクワクする。

茜さんの売り言葉を買って、こんな夜中にむきになって出かけて来たけれど、大正解だった。いやいや、これは大切な見回りの予行演習なのだ、遊び気分じゃ駄目だと工藤君は気を引き締めて前を向いて歩きだした。

焼き魚と煮物の夕食を食べ終わってお茶を飲みながら、テーブルの端に置いてあった市の広報を手に取ったところが始まりだった。「街だより」のページに工藤君の住んでいる虹が丘住宅地に火事が増えていると書いてあったのだ。それを読みながら、

『放火が増えているので、皆さん気をつけて下さい』って書いてあるけどさ、空き家がゴミ屋敷になろうっていう場所だよ。各家庭で気をつけたって、空き家に放火するんだからどうしようもないじゃないか」

つい、ぶつぶつ言ってしまったのだ。目の前でお茶を飲みながら新聞を読んでいた茜さんが、新聞から目だけ上げて工藤君を見た。

「何？　どうしようもないって言うの？　せめて自宅の周りに不審者が居るかどうか位確認できるじゃない。隣から火が出れば、こちらも延焼しちゃうのよ」

「そういう事じゃないよ。もっと積極的に対処したほうがいいんじゃないかって思ったんだよ。昔みたいに、みんなで夜回りするとか。カチカチって拍子木たたいてさ」

茜さんは湯飲みを置いて、

「夜回りしたって言うけど、工藤君一回しかやってないでしょ。自治会の仕事は、役員の名前は『工藤誠』ってなっていても、実際はほとんど私がやっていたのよ。小さかった桜子連れて夜回りに参加した事もあったわ。あの時だって工藤君いなかったじゃない」

「仕事だったんだから、仕方ないじゃないか」

「PTAだってそうよ。朝や夕方の登下校のパトロールしていたのもみんな私よ」

旗色が悪くなってきた工藤君が、

「だから、仕事は辞めたから、今度は俺が」

と、ぼそぼそ言い出したのに、茜さんは、

「はいはい、そうですね。いつも口だけなんだから」

「じゃあ、俺が行ってくるよ。人が歩いていれば火は付けないだろう」

「それはそうだけど。でも、夜道に一人で行くなんて危ないわよ。もう高齢者なんだから」

茜さんの心配そうな言葉を無視して、

「そうだ、まずどんな様子かだけでも自分の目で見てこよう」

そう言って、懐中電灯を持って外に出てきたのだ。月明りのため懐中電灯はいらなかったけど。勿論拍子木なんて持ってない。あの拍子木はどこにあるんだろうか。集会場にまだあるかもしれないと、工藤君は歩きながら考えていた。

しばらく坂道を上っていくと、何かがじっと後ろから狙っているような気配がし始めて、怖くなった工藤君は立ち止まって振り返った。誰もいない。当たり前だ、周りは静かだ。

夜の影に怯えただけだったのだろうか。だって、坂道の両側の家からは何も聞こえてこないし、夕餉の匂いも漂って来やしない。子どもの声もテレビの音も聞こえない。かつてはよく夕餉の匂いが漂って、子どもの声が聞こえたものだった。仕事の帰りに「ああ、この家はカレーライスか」なんて思いながら坂道を上がっていったものだ。

工藤君の家も週に一度はカレーライスだった。ハンバーグや唐揚げもよく食卓に出ていた。最近、茜さんはカレーライスを作らない。あれは子ども用だったのだろうか。今は初老の夫婦二人暮らしだからかな。どこからか茜さんのカレーの匂いが漂って来たような気がした。どこがどうとは言えないカレー専門店に比べれば本当にどうってことのない味で、角切りの豚肉とジャガイモ、ニンジンがゴロゴロ入った、ただのカレーなのに美味しかった。

大通りから路地に入っても灯りのついている家は少ない。郊外の丘陵地にあるこの分譲住宅は高齢化のために空き家が増えて、誰も住んでいない家は自治会の調査ではあと少しで四割に達するという。

大体、このあたりは坂がきついのだ。だから、高齢になって駅前のマンションに移った人もいるし、介護施設に入居してしまった人もいる。子ども達が出て行ってしまって、そのまま帰ってこない家も多い。将来子どもが住むから、引っ越しても家は売らないと言っていた人もいるけど、「まず住まないな」と、工藤君は思っている。若い人達は坂道を嫌う。自分の足で歩くのを面倒がるのだ。それに、子どもの数が減ったので近くの小学校は閉校になって坂の下の小学校に合併されてしまった。駅前スーパーまで閉店してしまっている。こんな所の家を買う人はほとんどいない。それで無人になった家が多くなっているのだ。人が減る、学校も店もなくなる、それで新しい人が入ってこないという、まあ悪循環なのだ。

工藤君のところにしても、娘の桜子は、結婚した後子どもができるまでは工藤君の家に同居していたけれど、今では二駅先のマンションに移ってしまっている。だから、将来は空き家になってしまいそうだ。

夜回りする前に、どこに空き家があるかを、昼間に散歩がてら調査したほうがいいかもしれないと、工藤君は静かな住宅地を見渡した。

暗くなった気分を変えようと月を見上げると、工藤君の右のほうで何かが動いたような気配がした。角から三軒目の二階の窓のあたりだ。「月の影がカーテンに映って揺れているのかな」と、よく見ると、その陰から真っ白なザンバラ髪の顔が覗いている。まるで山姥だ。工藤君は思わず三歩ばかり後退さった。たしか去年、この家のお婆さんの葬式があった。幽霊か？　と、工藤君はちょっと怖くなって慌てて顔を背けて通りすぎた。先の角まで行って、そっと振り返って見上げると、カーテンの陰から、まだじっとこちらを見ているようだ。これは駄目だと、角を曲がって、こそこそと逃げ出した。

「これではまるで、こちらが放火犯か泥棒のようだな」

ちょっと恥ずかしくなった工藤君は家に帰ることにした。

坂を下って家に戻るとリビングの灯りが付いていて、珈琲の香りが玄関の外まで漂っていた。いつもは眠れなくなるからと、遅い時間には飲まないのに。茜さん、待っていてくれたんだ、と工藤君は少し嬉しくなって、

「ただいま」

つい、大きな声を出してしまった。

「珈琲入れたところなんだけど、飲む？」

「飲みたいな。ありがとう」と、返事をして、上着をとって椅子に座った。

「どうだった？」

珈琲カップを二つ持って茜さんがテーブルに座りながら聞いた。

「静かだったよ。人っ子一人通らなかった。月が綺麗だったけど」

「人が減ってしまったものね。この街は寂しくなったよね」

「どこからも声も聞こえなかったし、匂いも漂ってこなかった」

「匂い？」

不思議そうに茜さんが聞いた。

「うん。前はさ、夕飯の匂いが道に漂っていたんだよ。魚を焼いた匂いとか、揚げ物の匂いとか」

「そう言えば、桜子が小さかった頃は、通りは賑やかだったわね」

「うちもさ、『ああ、今日はカレーだな』とか、角を曲がると匂いで分かったもんだったよ」

「ふふっ、桜子が好きだったからね」

「俺も好きだったよ。茜さんのカレーライスは美味しかったから。レストランのカレーとは違った、うちの味なんだよな。たまにはカレーライス作ってくれない？」

茜さんは冷たく、

「じゃあ、工藤君作ってみる？　簡単なのよ」

工藤君だって、カレーライス位作れる。学生時代にキャンプで作っていたし、自炊していた時はカレーが多かった。肉と野菜を煮てから、売っているカレーのルーを入れるだけだ。そう、簡単なのだ。だから工藤君が作ってもいいのだけど、茜さんのカレーが食べたいのだ。それが伝わらないので仕方なく、

「じゃあ、今度作ってみようかな。うちのカレーの味は出せないけど」

「それなら、今度パートが休みの日に一緒に作ろうか、秘伝教えてあげるよ」

「秘伝？　やっぱり、美味しいのには秘訣があったんだね」

茜さんは、

「秘伝ってほどでもないけど、コツかな？」

そう言ってペロッと舌を出した。


うきうきした工藤君は、空き家のはずの二階から人が覗いていた話をした。

「誰も住んではいなかったと、思うんだけど」

「息子さんじゃあないのかなあ。息子が帰って来ているって話聞いたことがある」

「だって、白髪だったよ」

「あの家の息子なら、私達とそう変わらないわよ」

「そうかあ。じっと上から見られてて怖かったよ」

「工藤君だって裏の家見てるじゃない。まるで見張っているみたいに」

「あれは、裏の婆さんに変な虫が付きそうだから心配して」

「婆さんって言うのやめなさいね」

「おっと、そうだった。裏の奥様に、変な男が近づいて入り込みそうなので」

工藤君が訂正すると、茜さんはコロコロ笑って、

「ご近所ネタなら、ほら、杉田さんに聞いてみたらいいわ」

「そうだ。杉田さんに聞こう。でも、さすがに裏のば、もとい、奥様の事は知らないと思うけどね」

二軒先の杉田さんは前に自治会長やっていただけに、噂話に詳しい。よし、明日早速あの家の事聞いてみよう、と工藤君は寝ることにした。


翌朝、工藤君が家の前を掃いていると、杉田さんがいつもの犬の散歩から帰って来た。今日も愛犬のサクラに引かれている。

「おはようございます。広報に放火が増えてるって書いてありましたね」

そう話を向けると、

「そうなんだよね。全く物騒だね。空き家も増えてるからね。そうそう、夏にあった火事、覚えてる?」

「ええ、三上さんの孫が仲間の学生たちと騒いで失火したんですよね」

「あの後さ、焼け跡から骨が出たって大騒ぎになったよね」

「そうでしたね」

工藤君はすっかり忘れていたので、軽く返事をした。

「あれ、犬だったんだってさ。あの家のお婆さん、よく穴掘ってゴミ捨ててたんだよね。それで死んだ犬もゴミのように埋めたらしいよ」

「そうだったんですか、人骨でなくて良かったですね」

工藤君が相槌を打つと、

「ああ、まったくだよ」

杉田さんはそう言ってから、

「そう言えば、お宅も十年位前に、夜中に桜の木の下を掘ってたよね。隣の山中さんが言っていたよ」

「えっ、掘ってないですよ。何かの間違いではないですか？」

工藤君には全く覚えがなかった。でも、杉田さんは、

「掘ってたのは奥さんだよ。山中さんが、何埋めてるんだろうって、二階の窓から見てたって言うから。そう言えば、あんたが一年ぐらい単身赴任してた時があったよね、あの時だったような気がするな」

この話は何なのだ、と工藤君は憮然として、

「全然知りませんでした」

そう伝えると、杉田さんは、

「余計な事言ったかな。たいしたことじゃないけどさ、ご近所の様子は嫌でも見えるからね。じゃあね」

そう言うと、サクラを引っぱって、自分の家に向かって行ってしまった。

工藤君は、自分が裏の家を見ているのと同じように隣の家から見られていたなんて思いもしなかった。しかも、自分が知らない茜さんの行動をご近所が知っているというのは気分が悪い。何で茜さんは桜の木の下に穴を掘っていたんだろう。杉田さんのせいで、工藤君の頭の中はそのことばかりになってしまった。そういえば、去年の家の改築の時に桜の木を切ればリビングがもっと広くなるのに、茜さんが反対してそのままになったんだった。茜さんは何かをこっそり埋めていたんだろうか。まさか赤ん坊が埋まっているんじゃないだろうか、自分が単身赴任している間に、不倫してできた子どもを堕ろして埋めたのだろうか。そう言えば、桜の木に黒いサクランボがたくさん出来た年があった。あれはいつだっけ。まさか、赤ん坊が肥料になったのだろうか。

頭の中がぐるぐるしてきた工藤君は、ここは茜さんに聞くしかないと覚悟を決めた。

夕食が終わる頃にやっと、工藤君は軽く言い出した。

「今日さ、杉田さんから前に茜さんが夜中に庭を掘っていた話を聞いたよ。隣の山中さんが二階から見たんだって。何のことだかわかる？」

よし、何気なく聞けた。

「えー？　何掘ってたって？　コンポストを埋めてた時かな？　工藤君は覚えないの」

「茜さんが庭を掘ってる姿見たことあったかなあ」

「私がさ、庭に生ゴミ処理のコンポスト置いていたの知ってるでしょ」

そういえば、ゴミから肥料を作るとか言ってた時があったのを思い出した。

「だいたい、工藤君は家の事にも私の事にも全然興味ないんだから。ご飯だってシャツだってお風呂だって全部自然に出てくると思ってたんでしょ。私の事なんて家政婦ロボットとしか見てなかったわよね」

「そんな事はない。仕事が忙しかっただけだ」

「家で夕飯も食べなくて。何していたのかしらね」

「仕事してたに決まってるじゃないか」

「ずいぶんお酒飲んで帰って来てたわよね」

何で話がここにいくのかと、工藤君はうんざりしながら、

「酒飲むのも仕事の流れだって、ずっと言ってるだろう。ごちそう様」

と、会話を打ち切った。茜さんも不毛なのは分かっているとみえて、自分の食べた食器を重ねている工藤君を睨みながらお茶を飲んでいる。工藤君は、その憎ったらしい顔から目を背けて、食器を持って流しに向かいながら気がついた。

「庭の穴掘りの話をごまかされてしまったな」

それで、洗い桶に食器を入れるときに手に力が入って、ポシャンと水が跳ね返ってきた。


その時、電話が鳴った。茜さんはちらっと工藤君を見たが、工藤君は流しを向いて振り返らない。茜さんは「あーあ」と大げさに言いながら立ち上がって、受話器を取った。

「はい、はい」と、返事をしてすぐに、

「川越のお義姉さんよ」

そうぶっきらぼうに言って、タオルで手を拭きながらやってきた工藤君に受話器を渡した。

工藤君が受話器に耳を当てた途端に、慌ただしい甲高い声が聞こえた。

「あのね、うちの敬之なんだけど、卒業に必要な単位を二つ落としちゃって、留年になっちゃったのよ」

「そうか、卒業できなくなったのか。就職も決まってたよね」

「そうなのよ。それでね、落ち込んじゃって」

「そりゃあ敬之君は落ち込むだろうけど、来年には卒業出来るんだから、一年間は何か将来に必要な資格取る事でも考えたらいいよ」

「違うのよ。敬之は専門学校に通って資格取るなんて言ってるわよ。こっちの経済状態も考えないでね。大学にだってお金払わないと一年間籍を置いて貰えないのに。そうだ、何ならあんた、学費出してやってくれない？」

「何言ってんだよ。ちょっと待って、じゃあ落ち込んでるのは姉さん？」

「まさか。母さんよ。母さんが入ってる飯能の施設から、呼び出されて、行って慰めたんだけど、効果ないのよ」

「何でお袋が。お袋が落ち込んでも仕方ないだろう。孫慰めて元気づけるのがあたりまえだって、よく言ってやれよ」

「言ったわよ。敬之にはいい人生経験だよって。失敗するのも大切なんだって」

「それじゃあ、お袋の几帳面な人生観では受け入れられないだろうな」

「そうよ、そこなのよ。あんたは浪人して入った大学を留年したじゃないのよ。母さんはあの時とダブってショックなのよ。もしかしたら、敬之があんたに見えてるのかも」

「えー、勘弁してくれよお」

工藤君は四十年以上前を思い出した。留年の通知が実家に届いてしまい、母親はショックで寝込んだっけ。母親に泣かれただけじゃなく、親父には怒鳴られるし、姉貴は嵩にかかって責め立てて、よけい母親の泣き声が大きくなったのだ。いまでも覚えている。

「こんな子にするために産んだ覚えはありません」

あーあ。敬之君にも言ったんだろうか。

「それでね。あんた、施設に行って納得させてよ」

「俺が？」

「そうよ。あんたが一浪一留したせいなんだから、責任取って行って来て頂戴」

そういえば、しばらく母親のところに行ってなかったな。この前は退職した時だったから、半年以上行ってないか。母親の入居している介護施設まで車で二十分で行ける姉貴にまかせっきりにしていた。丁度いい、親孝行するかと、工藤君は、

「分かった、顔出すよ」

「ありがとう。ついでに実家に寄ってあんたの必要な物を持ち出して頂戴よ。そろそろあの家を畳みたいから。母さんとあたしの必要な物はもうないから。でも、母さん、ボケだしてからお金とか大事なものはあちこちに隠してたから、一度全部見ないといけないかもしれないけど」

ああ、そうだった。二年前に母親が施設に入った時から出ていた話だった。工藤君が勉強部屋にしていた実家の蔵の二階は、四十年以上もそのままになっている。人には言えない悪さや、恥ずかしい過去が詰まっている蔵の暗がりには、今では鬼が住み着いていそうなので、「仕事を辞めたら片付けに行くよ」とずっとごまかしていたのだ。

仕方ないと工藤君は諦めて、

「そうだね、じゃあついでに実家に寄ってみるよ」

「そうしてくれると助かるわ。じゃあ、よろしくね」

「ああ。敬之に、めげないで頑張れと言ってくれる？　来年はお祝いを奮発するよって」

「喜ぶわ。じゃあ」

電話を置いてテーブルに戻ると、茜さんが、

「お義母さんに何か？」

と聞いてくれたので、工藤君は、

「いやいや、大丈夫」

と、話の内容を伝えて、

「明日にでもちょっと行ってくるよ。うちの用事はなかったよね」

そう聞くと茜さんは、

「明日はパートあるから、明後日にしない？　私も一緒に行くから」

「いいよ。行っても仕方ないよ。俺の事も分からないみたいだから。それに、ついでに実家に行って片付けもしなきゃならないし」

「大変じゃない。だったらなおの事、一緒に行ったほうがいいでしょう。手伝うから、帰りにどこかの日帰り温泉で汗流して帰ろうよ」

ちょっと気分が落ちていた工藤君は、茜さんの言葉が嬉しかった。

「じゃあ、ドライブがてら一緒に行こうか。お袋の顔だけ見て、実家の片づけは急がないから、今回は下見にだけにしよう。片付けは一人でやるよ。帰りに温泉に寄るのは大賛成だよ。」

茜さんに見られたくない物が出てきそうで工藤君が言うと、

「そうね、暖かくなってから一人でゆっくり片付けたほうがいいね。かなり時間かかるんじゃない？」

「そうするか。じゃあ、明後日出かけよう」

「安全運転でね」

茜さんが一緒にドライブに行くって言うなんて久しぶりだ。工藤君は急にワクワクしてきた。茜さんにイライラされないように運転しよう。そうすれば、これからも二人あちこち気ままに行けると、茜さんの顔を見て、すぐ目をそらして立ち上がった。庭に面したベランダのカーテンを開けると、満月に明るく照らされた桜の木の枝先が輝いている。

「桜の芽が膨らんで来たのかな」

そうつぶやくと、茜さんもやって来て、庭に目を向けた。

「ああ、もう春なのね」

「あの桜の木の下に、何があるのだろう」

「桜の木の下には鬼がいるのよ。坂口安吾だっけ？　そう言ってたの」

工藤君は桜の木の下に埋まっている鬼の骨を想像してみたけれど、どうも違う。何があるのかは分からないけど、まあいいのかな、何があっても。それに、実家の蔵の暗がりに鬼がいても茜さんが居れば大丈夫だ。


「そう言えば最近、余生だの隠居だの言わなくなったわね」

突然、茜さんに言われて工藤君も気が付いて、苦笑いして言った。

「色々あって隠居するのを忘れていた。掃除、洗濯にご飯づくりもやってるしね」

茜さんも笑いながら、

「そうだね。私も工藤君が洗濯機の前にじっと立っていても、イライラしなくなったわ」

茜さんも成長したのかな、隠居してもうすぐ一年たつのだものなあ、と工藤君が思っていると、

「風景になったのかなあ」

なんて言うので、

「俺は人間だぞ」

「この家に馴染んだってことよ.」

馬鹿にされたのか、それとも褒められているのだろうかと、工藤君が首を傾げると、茜さんが、

「お義母さんの家の片づけは一人でゆっくりやってね。私はここで待ってるから」

そう言う茜さんの笑顔は眩しいほどで、工藤君は焦ってしまって、

「さ、今日も見回り散歩に行ってくるかな。月が綺麗だし」

そう言って、身支度をしに自分の部屋に行きながら、茜さんのいるこの場所が自分の居場所なのだと思った。

自分はここにいる。山一つかなたに出かけても、ここで生きていく。そして、そこにはいつまでも冷たいけれど優しい風が吹いていることだろう。

幸い住むと

玄関の前に車の止まる音がしてしばらくすると、車庫からバタンというドアを閉める音が聞こえた。「ああ、やってきた」と思う間もなく、庭先から娘の桜子の声がした。

「ママ、いる?」

「いらっしゃい。服、出しておいたわよ」

茜さんがベランダに出ると、桜子は庭の桜の木の下に立っていた。

「ママ、桜の花、三つ咲いてるわ。これじゃあ、花音の入学式には散っちゃっているかなあ」

「卒業式の次は入学式ね。花音ちゃんが高校生になるなんて、何かショックね」

茜さんもサンダルで庭に出て、桜子と一緒に桜の木を見上げた。日の当たっている枝の先の蕾がピンク色になっている。その中に三つばかり蕾が開いているのが見えた。まだ三月の半ばなのに今年は少し早い。

「何言ってるの、ママ。花音は受験頑張ったんだから」

「分かってるわよ。ただ、私も年取ったんだなあってね」

そんな事を言いながら、二人でベランダからリビングに入ると、桜子はバッグを持ったまま、ソファにかけておいた色とりどりの洋服に向かった。

今朝、桜子から「花音の卒業式と入学式用にママのアクセサリーを貸して欲しい。ついでに着られそうな服やバッグも出しておいて」と、電話があった。仕事が忙しい桜子は、卒業式間際になって式に出る洋服がないと慌て出したようだ。それで、洋服を買いに行くより母親の手持ちの物で間に合わせようと考えたらしい。

「あるねえ。ほとんどバイオリンの発表会用のドレス？　あっ、これ私の高校の卒業式の時のじゃない。ママ、細かったねえ」

「アクセサリーはテーブルの上に置いてあるわよ。でも、今の人に似合う物はないかも。ちゃんとした時の真珠のネックレスなんかは、茶色の布の袋に入っているわよ」

茜さんは早速洋服を物色し始めた桜子を残して、お湯を沸かそうとキッチンに行きながら聞いた。

「今日は、良太さんと子ども達は？」

「花音はバレーボール部のみんなとディズニーランドにお別れ会。拓弥はサッカーよ。旦那は仕事だと言って、朝出て行ったわ」

「良太さん、あいかわらず忙しいのね」

「昔のパパほどじゃあないけどね。そう言えばご隠居のパパは？」

「工藤君？ 今日は実家の片付けに朝から出かけたわ。また何か拾ってくるかも」

「まだ終わらないんだね。昔の本とかさ、じっくり読んでんじゃないの？」

そう言った桜子は、茶色の袋を開けて、

「わあ、真珠だけじゃなくてダイヤの指輪にイヤリングも入ってる。これ、ピアスにすればいいのに」

「どうせ私が死ねば、全部あんたの物になるんだから、その時に好きにすればいいわ」

「えーっ、それじゃ駄目だよ。ママは百歳まで生きるでしょう？ その時、私は七十歳超えているわ」

「もう、何言ってるのよ。その袋の中の物は、母さんから貰った良い物ばかりだから、いくつになっても平気よ。真珠は結婚する時に持たせてくれたの。そのダイヤの指輪とイヤリングはあんたを妊娠した時に、お祝いに銀座で買ってくれたのよ」

その時、「何かあった時に売ればいいから」って言われたのを茜さんは思い出した。幸せの真っ最中だったから、お金に換える事なんて思いもしなかったけれど。

「このダイヤはほとんど使ってないけど、これがあるだけで随分気持ちが楽になったわ」

「ふーん」

桜子は、その指輪を取り出してくるくる回していたが、嵌めてみて、

「ママ、指細かったんだねえ。あれ？　抜けないかも」

「そうね、イヤリングはまだ使うから駄目だけど、指輪はあげてもいいわよ。私の指、節が出て、もう嵌められないから」

「本当に抜けないよ、石鹼付けてみる」

洗面所に向かった桜子は玄関の三和土に段ボールが三つあるのに気が付いて、

「何？　あの段ボール」

と、言いながらリビングに戻って来た。

「工藤君が実家の蔵から持ってきたのよ。本とか、ピアノの楽譜とか」

「わー、そうか。パパ、ピアノ習い始めるの？」

茜さんは、桜子が抜いた指輪を受け取って拭きながら、

「バイオリンを一緒に習おうって言ったんだけどね。ピアノのほうが音程を取りやすいからかしらね」

そう言ってクスクス笑った。

ひとしきり衣装とアクセサリーを漁っていた桜子は、仕分けを済ませて、

「じゃあ、いくつか入学式が終わるまで借りて行くね」

と、持って来た袋に畳んで入れ始めた。

「まだ使う物だから、ちゃんと返してね」

「分かってるわよ」

桜子はそう言うけれど、茜さんは信じていなかった。でもまあ必要になったら回収すればいいか、まさか売りはしないでしょう、と自分に言い聞かせて、ピアノの隣に紙袋三つを置いてやっと落ち着いた桜子に、

「紅茶入れたわよ」

と、声をかけて、先週、立川に行った時に買ったクッキーを添えた。

五種類のクッキーの中からアーモンド入りを取って齧りながら、桜子が、

「そうだ、伯父さんからおじいちゃんの一周忌の葉書が来たけど」

「往復葉書でしょ？　うちもよ。まったく、兄さんったら電話する気もないみたいね」

「相続の事でまだ怒ってるのかな」

「庭を三分の二売ったけど、そのまま住めるんだからいいじゃないかと思うんだけどね」

茜さんがため息まじりに言うと、

「私はおじいちゃん大好きだったから行くけど、うちは私一人でいいかな。旦那も行った方がいい？」

「気まずい雰囲気の所に良太さんも子ども達も行かなくていいと思うわ。一応、工藤君に相談してみるけど。返事はあんたの分も一緒に出しておくわね」

桜子は頷いて、

「ところでママ、おじいちゃんの遺言状はどうなったの？」

「遺言状？　聞いてないわよ」

茜さんが驚いて答えると、

「遺言状はなかったって話は知っているよ。でも、私、おじいちゃんから遺言状書いたって聞いていたのよ。伯父さんが相続の時に、何も言わなかったようだから黙っていたんだけど、一年たったからいいかなって」

「父さんに聞いてたの？　でもね、私は預かってないし、今更遺言状があるなんて言ったら大騒ぎになるだけよ。ね、この話は終わりにして頂戴」

桜子は首を振って、

「別に蒸し返そうとか思ってはいないわよ。でもね、おじいちゃんは、『いつも来てくれて有難う。お前に何か残してやりたいけど、お前のお母さんにおじいちゃんの財産をみんなあげることにしたから。お母さんに好きな物買ってもらえば良いよ』って、言っていたんだよ」

「そう言っていただけでしょ。大体、私に全部なんて、そんな無茶するはずがないわよ。いくらボケてたからって」

茜さんがきっぱり否定すると、桜子は首を横に大きく降って、

「おじいちゃんは、伯父さんたちに施設に入れられたって怒っていたのよ。『こうやって来てくれるのはお前と茜だけだよ、正雄は来た事もないし、秀一は俺を追い出して、家を乗っ取ったんだ。そんな奴らには何もやらない。だから、全部茜にやるって決めたんだ』って言ってた」

「そうね、あんた、施設によく行ってくれていたものね。嬉しかったんだね。いいわ、お見舞いのお礼に欲しい物あったら買ってあげる」

「じゃあ、車買い換えたい」

桜子にサラーッと言われて茜さんは焦って、

「く、る、ま？　えー？」

「冗談よ。今、特に欲しい物はないわ。あえて言うなら、恰好いい車ぐらいだけど、でもどうしてもって訳じゃないから何も買ってくれなくていいよ。そうだ、さっきのダイヤの指輪、本当に貰っていい？　デザイン変えて少しサイズ大きくしたら、すごくいいと思う」

「あら、サイズ変えるっていう方法があったのね。じゃあ、直すお金は出してあげるから使いなさい。私には工藤君から貰ったダイヤの婚約指輪があるから。全然小さいけどね」

茜さんは笑いながらそう言って、これで遺言状の話は終わりにしたつもりだった。ところが、桜子は、

「話戻すけど、おじいちゃんは、遺言状をちゃんと書いておいたと言っていたんだよ。伯父さんが握りつぶしたんじゃないかって思うんだけど」

「一周忌の席で余計な事言わないでよね。そんな遺言状があったら、いくら父さんが分かんないこと書いたからって、大騒ぎになるわよ。工藤君も知らないんだから。これ以上揉めるのはもう沢山」

「そうか、本当はママも知っていたんだね。私もね、そんなのは駄目だよって言ったんだけどね、おじいちゃんむきになってたから」

そうなのだ。実は、その話は茜さんも聞いていた。「子ども達へ。私の財産は茜に全部譲る」とだけ書いて、最後に自分の名前が書いてある便せんも見せられていた。テレビで、「ちゃんと『遺言状』と書いて、書いた日付を入れておくこと。それがないと無効になる」と言っていたので放っておいたのだ。もしかして、施設の職員にでも相談して、きちんとした遺言状にしたのだろうか。いや今更そんなことは考えない方がいいと、茜さんは、

「認知症が進んでいたから、お見舞いに行った人あてに何通でも書いてるかもと思っていたの。結局、誰も何も言わなかったから、本当の所どうだったかなんて分からないでしょ。工藤君にも言っちゃだめだからね。口止め料にイヤリングもあげるから」

と、念を押した。

「分かった。パパは変なとこ堅苦しいから、隠蔽したとか、知っていて言わないのは犯罪だなんて言いかねないしね。でもね」

桜子が言いかけたのに、茜さんが、

「そう言えば昔ね」と、言い出した。

「二人で映画見に新宿に行った事があったのよ。あんたが大学生の時かなあ。私が映画見る前にプレイガイドで前売り券買ったら、工藤君怒り出してね」

「何それ？　良く分からない」

「すぐ見るのに前売り券買うのはずるいって。映画館の窓口で買うべきだって、ずっと言い続けてたわ」

「えーっ。やっぱり分からない。安くなるからいいじゃないねえ」

「『見る前に買ったんだから前売りでいいんじゃない？』って言ったら、『前売りとは』何て長々と言いだしてね。変なとこにこだわるというか、変に生真面目というか」

「それ、違うよ。パパはただの馬鹿なんだよ。でね、話戻すけど、おじさん達がママにあんまりひどい事言いだしたら、遺言の話、言っちゃうかもよ」

「あんた、しつこい。工藤君に似たのかな」

茜さんが呆れて言うと、

「しつこいのはママ譲りだと思うけど。ママ、話そらさないでよね」

「分かったわよ」

茜さんはちょっとため息をついた。でも、兄さんを少し脅かしておくのも有りかなと、桜子に向かって頷いた。


紅茶を飲み終わると、桜子は玄関から楽譜の入った箱を持って来て、入っている楽譜を出しながら、

「あ、ショパンだ。ベートーベンの月光もある」

「月光、発表会であんた弾いたわね」

「弾いてみようかな」

「どうぞ弾いて頂戴。去年調律したから大丈夫よ」

桜子は楽譜をいくつか持って、ピアノの蓋を開けた。ピアノを叩いて音を出してみて、和音

を弾いて、それから「乙女の祈り」らしいものを弾き始めた。それが音楽になっていないので茜さんは笑ってしまった。

「指が動かない」

桜子は、そう言いながら楽譜を漁って、

「子どもの手が離れてきたから、私もまたピアノ習おうかな」

茜さんは笑いながら、

「そうね。バイエルに戻ったほうがいいみたいね」

「今はバイエルはやらないみたいよ。何習うのかな。パパがピアノ始めたら、聞いてみよう」

「あのね、子育ての本番はこれからなのよ。来年は拓弥君が中学に行くんでしょ。二人とも親の言う事なんか聞かなくなって大変よ。それに、大学受験に高校受験が控えているんだから。仕事忙しいあんたにそんな暇あるかしらね」

茜さんは桜子が高校生だった時の事を思い出して言った。

「ママ、脅かさないでよ。そうかあ、もう少し無理かな。ねえ、私がまたピアノ習いたくなったら、その時、ピアノ買ってよ。口止め料」

桜子には遠慮がない。

「何言ってるのよ、馬鹿ね。ダイヤあげたでしょ。」

茜さんがあきれて言うと、

「あれ、こんな難しい教本もある。パパったら、分かって持ってきたのかなあ」

と、楽譜を眺めていた桜子が、

「この楽譜、裏に工藤誠と書いてある。パパのだ」

「うそ、ピアノ習っていたの？」

「あっ、これもだ。おばさんの名前もあるけど、ほとんどパパの名前が書いてある。変に几帳面なパパらしいよね」

いや、そう言う問題じゃない、と茜さんは、

「聞いてないよ、ピアノ弾けるなんて。この前、楽譜持って来て『習おうかな』って言ってた時にも、前に習ったなんて言ってなかったし」

まったく、何隠してるのか分かったもんじゃないと、茜さんは、十五年前の工藤君の浮気沙汰を思い出してしまった。桜子が不思議そうに言った。

「何で言わなかったのかしらね」

「後ろめたい事でもあったんじゃないの？　隙あれば浮気しようと考えてる人だから」

茜さんは、容赦なく言い切った。

「浮気と結びつけなくても」

「高校のクラス会旅行だって、鼻の下伸ばして出かけてるのよ。同窓会不倫なんて話が、ドラマや週刊誌にあったでしょ」

「パパは大丈夫だよ。ほら、鯵の干物買って来たじゃない」

茜さんは首を振って、

「そう言うけど、お土産って、相手に何を買おうかなって考える事が大切なのよ。その時は私の事を思い出すって事よ。だから」

その後を桜子は引き取って、

「だから、いつもパパに『お土産買って来て』って言ってたのね」

「でも、何度言っても全然買って来なかったじゃない。それが、あの時初めて買って来たのよね。出かける時もなんかウキウキしてたし、何か変だよね。絶対後ろめたい事があったんだと思う」

「ああ、だからお土産の鯵の干物捨てちゃったんだね。もったいなかったなあ、うちで食べたのに」

「冗談じゃないわよ。見るのも嫌だったんだから」

「パパに女がいたら、その女の前で鯵の干物買う？　家へのお土産に持って帰って奥さんに焼いてもらって、二人で食べるんだよ。私が浮気相手だったら、それされたら嫌だなあ。だから、パパは浮気してないよ」

「そう？　女にも買ってるんじゃないの？　アリバイ証明としか思えなかったわ、そうそう、今回の秋の金沢のお土産は、私の作戦、大失敗だったわ」

「蟹ね。うちにまで送ってもらって。子ども達もあんなに立派な蟹は初めてで、びっくりしてた。美味しかったわよ。何が失敗なの？」

「だって、さっさと送る手配してしまえば、もうお役御免でしょ。家族の事なんか忘れていたに違いないもの」

「蟹も捨てたの？」

「まさかあ、あんな高い物。捨てないで工藤君が帰って来る前に一人で全部食べたわよ」

桜子はほっとして、あははと笑って、

「さすがママね。きっとパパは大丈夫だよ。ママに捨てられたくないんだから。昔の事があるから反省してるよ。基本は真面目なんだから。もう浮気なんかしないよ、絶対」

「時々、捨てておけば良かったたって思うけどね」

茜さんも笑いながら言うので、桜子はつい、

「ママ、あの時、パパが退職したら退職金全部貰って離婚するって言ってたよね。今一緒にいるってことは許したんでしょ。だから、あまりキリキリしないほうがいいよ」

「そうだったわね」

声色が変わったのが、自分でも分かった。

「工藤君はすっかり忘れてるみたいだけど、まだ執行猶予期間中なのよ。次に何かあったら、即、追い出す。あの時の詫び状はちゃんと持ってるから。いつ一人になってもいいようにパートのお金貯めたし」

茜さんがそう言い始めたところで、桜子は時計を見て慌てて立ち上がった。

「ああ、もうこんな時間、拓弥がサッカーの練習から帰って来るわ。じゃあ、これだけ借りて行くわね」

ドレス類にバッグ、いくつかのアクセサリーを詰め込んだ大きな紙袋三つを持って、桜子は慌ただしく帰っていった。

桜子を見送って家の中に入った茜さんは、ソファに座り込んだ。忘れたふりをしてきたけれど、あの時の胸をえぐられる苦しさは、今になっても身体の奥にしっかり根付いている。でも、ここで落ち込んではいけない。

「よし、こんな時はバイオリンのレッスン」と、茜さんは立ち上がった。

バイオリンの教本を「一」から弾き続けて、今習っている「四」まで来たところで、楽譜が見づらくなった。目が疲れたのかなと思ったら、いつの間にか薄暗くなっていた。

リビングのソファの上には、桜子が残して行った洋服やスカーフなどが散らかっている。茜さんは、バイオリンを置いて、

「さて、片付けなくちゃ」と、大きく伸びをした。

桜子の高校の入学式の時のちょっと派手なスーツ、工藤君と二人でハワイに行った時にドレスコードと言われて買った黄色いワンピース。

「古い物ばっかり置いて行ったわね」と、茜さんは懐かしく手に取った。

そう、工藤君にはひどい事もされたけど、ここまで来たんだ。急ぐ事はない。ピアノの件は何気なく聞いてみよう。きっと、オタオタして弁解するのだろう。何て言うか聞くのも楽しみだ。そうだ、いじめ終わったら私の伴奏をさせよう。二人でバイオリン協奏曲を演奏できたら楽しいだろうな。バイオリンには随分助けてもらった。追い出されないですんだ工藤君は、バイオリンには足を向けては寝られないんだぞと、茜さんはふふふと笑った。

いつか、山のあなたに行く日まで、嫌な事は考えずに楽しく過ごしていこう。でも、工藤君がもしまた裏切ったら、その時はもう許さない。何だかその日が楽しみになって来たなと、茜さんは懐かしい洋服たちをクローゼットに運ぼうと立ち上がった。

春日いと（かすが　いと）
埼玉県浦和市に生まれる。父親の転勤に伴い、千葉県、東京都、愛知県などで育つ。地方公務員となり、在職中に放送大学大学院修士課程修了。定年退職後、朝日カルチャーセンター立川教室にて「小説のレッスン」を受講する。

田畑書店

山のあなたの

2020年 3月10日　印刷
2020年 3月15日　発行

著者　春日 いと

発行人　大槻慎二
発行所　株式会社 田畑書店
〒102-0074　東京都千代田区九段南3-2-2　森ビル5階
tel 03-6272-5718　fax 03-3261-2263
装幀・本文組版　田畑書店デザイン室
印刷・製本　中央精版印刷株式会社

Printed in Japan
ISBN978-4-8038-0371-6 C0093
定価はカバーに表示してあります
落丁・乱丁本はお取り替えいたします